처음 식물

처음 식물

아피스토 식물 에세이

미디어 샘

초인종이 울렸습니다. 나가보니 아주머니 한 분이
압축 분무기를 들고 서 있습니다.

"소독하러 왔어요."

건물 정기소독을 하는 날입니다. 아주머니는 들어
서자마자 발에 걸린 줄고사리를 폴짝 뛰어넘습니다.
그다음으로 유연하게 허리를 굽혀 천장에서 흘러내려
온 스킨답서스를 피합니다. 벽이며 천장이며 빈 곳 없
이 식물로 빼곡합니다. 그나마 식물이 없는 자리에는
크고 작은 어항들이 놓여 있습니다.

"세상에, 이걸 어떻게 다 관리해요? 화원이에요?
아니 수족관인가? 햇빛도 안 드는데 잘 키우시네."

아주머니가 소독약을 뿌리다 말고 난감한 듯 저에

게 묻습니다.

"그런데 혹시 약 뿌리면 안 되는 곳 있어요? 물고기도 많고 식물도 많아서 막 뿌리면 안 될 것 같은데?"

"아니요, 괜찮아요. 오히려 해충 예방도 되고 좋지요."

어쩌다 보니 사무실 공간의 반은 식물방이 되었습니다. 정글이나 다름없습니다. 이곳에 처음 오는 사람은 식물 앞에서 멈칫하거나 감탄합니다. 어느 쪽이든 이내 긴장은 풀어집니다. 식물이 주는 힘이라고 믿습니다. 식물에게는 우리를 무장해제하는 능력이 있습니다. 그래서 사람과 사람 사이에 식물이 놓이면 그자리에 언제나 이야기가 생깁니다.

이 책은 그렇게 만들어진 이야기를 모았습니다. 저의 이야기, 친구의 이야기, 누군가의 이야기를 말이지요. 이 책에 담긴 이야기가 당신의 이야기였으면 좋겠습니다.

아피스토

차례

프롤로그 4
에필로그 244

1부
·
처
음
식
물

식물의 처음을 기억하는 법 12

내가 죽인 식물의 위령비 17

정글의 공생 22

나의 열대, 나의 사라왁 28

ㅣ방구석 식물노트ㅣ 사라지는 습지 32

함께 식물을 키운다는 건 35

누가 알로카시아를 죽였을까 40

ㅣ방구석 식물노트ㅣ 토분 세척 잘하는 법 48

10월은 봄을 준비하는 달 50

ㅣ방구석 식물노트ㅣ 환기, 창문 활짝 열지 마세요 56

180년 전, 그때 그 몬스테라 58

몬스테라알보증후군 65

ㅣ방구석 식물노트ㅣ 너무 긴 이름, 몬스테라 알보 71

정글의 심마니 73

햇빛 없이 광합성 81

ㅣ방구석 식물노트ㅣ 좋은 식물등이란 87

묵은둥이 89

식물의 언어 92

ㅣ방구석 식물노트ㅣ 물이끼 95

2부
·
시
들
지
않
는
꽃

시들지 않는 꽃　98

부겐베리아의 계절　104

| 방구석 식물노트 | 식물집사의 덕목　110

100년만의 꽃구경　112

덩굴이 죽든지, 내가 죽든지　119

| 방구석 식물노트 | 물 주는 법　126

찬란한 한때　129

팽나무의 첫 그늘　133

| 방구석 식물노트 | 우리와 함께한 팽나무 이야기　140

식물의 마지막 주인　142

| 방구석 식물노트 | 우리말 식물 이름?　150

수초를 사랑했던 그 남자　152

| 방구석 식물노트 | 물고기와 식물　161

뿌리와 줄기 사이　164

| 방구석 식물노트 | 테라리움의 잎이 시들면　172

그루와 크루　173

너의 고향은?　178

| 방구석 식물노트 | 식물에게 좋은 자리?　181

내 머릿속의 생장점　183

물과 식물이 만나　191

베고니아 198

미련 없이 리셋 200

보르네오섬이 왔어요 202

뿌리의 동력 204

푸밀라의 법칙 206

다육이 208

린드니의 꿈 210

헛뿌리 212

웃자람 214

분갈이 216

식물등 218

순화 220

무나 222

식친 224

덩굴 226

알아두면 쓸모 있는 지식 20 228

TMI 241

일러두기

1. 본문 이야기와 관련이 있는 <아피스토TV>의 영상을
   QR코드로 넣었습니다. 함께 즐겨주세요.
2. 학명의 외래어 표기는 라틴어 표기 원칙을 따랐습니다.
   예) 알로카시아 프뤼덱, 보르시기아나 등

1부

처음 식물

식물의 처음을 기억하는 법

식물이 처음 온 날, 택배상자를 열자마자 감탄사를 연발했습니다.

"와~. 너 진짜 멋있다!"

이 식물은 가만히 있어도 역동적일 수 있다는 것을 온몸으로 보여주었습니다. 이름은 필로덴드론 파스타자눔(Pilodendron Pastazanum)입니다. '파스타자눔'은 1970년대 에콰도르 파스타자 주에서 처음 발견되어 붙은 이름인데, 이름이 어렵다보니 식물집사들 사이에서는 그냥 '짜넘이'로 통합니다.

그런데 저를 감동시킨 짜넘이가 새 화분에 옮긴 지 일주일도 안 되어 잎이 누렇게 뜨면서 시들어갔습니다. 순간 저의 얼굴도 함께 누렇게 떴지요. 줄기도 축 처져서 결국 지지대로 세워주어야 했습니다. 급기야 저는 SNS에 사진을 올리고 구조 요청을 하기에 이릅니다.

"제 짜넘이가 누렇게 변하고 있어요. 누가 저 좀 도와주세요!"

제 글을 본 식물집사 한 분이 저의 절박함을 그냥 지나치지 않고 댓글을 달아주었습니다.

"이 식물들은 땅을 기는 습성이 있어요. 깊은 화분

은 좋아하지 않을 거예요. 뿌리가 썩을 수 있어요."

화분의 깊이까지는 미처 생각하지 못했습니다. 화분의 깊이는 고사하고, 식물은 그냥 흙에 꽂으면 다 자라는 줄 알던 시절이었습니다. 만약 지금이었다면 물꽂이를 먼저 해서 뿌리를 내렸겠지요.

물꽂이는 고사하고 삽수(뿌리 없이 줄기만 있는 개체)를 깊은 화분에 바로 심어버렸으니 잘 자라는 것이 더 이상합니다. 그러니 시간이 지날수록 과습으로 뿌리가 녹으면서 잎이 시들 수밖에요. 조언을 들은 후, 곧바로 짜넘이를 작은 화분으로 옮겨 심었습니다.

그후 몇 주가 지나자 다행히 식물은 안정을 되찾았고 새 뿌리와 잎을 내주기 시작했습니다. 4년이 지난 지금도 짜넘이는 식물방의 한자리를 차지하며 존재감을 내뿜고 있습니다.

식물은 처음 새 집으로 이사를 오면 한 번씩 몸살을 앓습니다. 새 집에 오기 전까지 농장이라는 최고의 환경에서 자란 이유도 있겠지만, 물맛도 다르고 볕도 다른 새 환경에 적응하려니 힘들 수밖에 없을 것입니다. 사람에게도 새집증후군이라는 것이 있으니까요.

식물호르몬 중에는 에틸렌 호르몬이라는 것이 있습니다. 식물이 상처를 입거나, 가뭄이나 산소 부족, 냉해 등 다양한 스트레스 환경에 놓이면, 에틸렌을 방출하는 것이지요. 식물이 생존에 위협을 느끼면서 꽃과 과실을 빨리 맺음으로써 후대를 남기려는 진화 전략이기도 합니다.

짜넘이도 택배상자에 실려오는 동안 에틸렌을 내뿜으며 생존의 몸부림을 쳤다고 생각하니 미안한 마음이 앞섰습니다.

저는 그 일이 있은 후 새 식물을 들이면 가장 먼저 하는 일이 생겼습니다. 식물을 바로 분갈이하지 않고 반그늘에 일주일 정도 놓아두는 것입니다. 그리고 의식을 치르듯 저만의 식물보험을 들어놓습니다.

바로 식물의 처음 모습을 사진으로 찍는 것입니다. 식물의 가장 건강한 때를 기억하기 위해서지요. 어느 날 갑자기 건강하던 식물이 마르거나 누렇게 뜨면, 그 식물이 처음 들어온 날의 사진을 찾아봅니다.

'아, 이땐 이 잎이 없었구나.'

'그땐 반점도 없었네?'

이렇게 비교하면서 마음을 다잡습니다. 식물이 처

음 나에게 왔을 때 찍은 사진을 보면서 초심을 들여다
보는 일, 그것이 저의 유일한 식물보험입니다.

내가 죽인 식물의 위령비

파주에서 일러스트 전시 행사가 있었습니다. 저는 행사에서 식물 그림 몇 점을 전시할 기회가 있었습니다. 그날 전시부스에 찾아오는 분들에게 일일이 인사를 건네며 물어본 질문이 있습니다.

"혹시 식물 키우세요?"

십중팔구 이런 대답이 돌아옵니다.

"아니요, 식물을 많이 죽여서요."

그러면 저는 그분에게 저의 전시물 중 하나인 <내가 죽인 식물의 위령비>를 소개했습니다. 레고로 만든 트럭의 짐칸에 코르크판을 세우고 그동안 내가 죽인 식물의 이름표를 꽂아놓은 전시물이었습니다.

저는 그분에게 말했습니다.

"제가 죽인 식물은 한 트럭입니다만…"

언제부터인가 키우던 식물이 죽으면 식물이름표를 버리지 못하는 버릇이 생겼습니다. 나중에라도 내가 어떤 식물을 키웠는지 기억하기 위해 모아둔 것입니다.

그렇게 하나둘 모으다보니 어느 순간 식물이름표가 무덤처럼 수북이 쌓여갔습니다. 무언가 내가 큰 잘못을 저지르는 것 같았습니다. 그날 이후 레고 트럭

위에 코르크판을 묘비처럼 세워놓고, 그동안 죽인 식물이름표를 코르크판에 꽂으며 죽은 식물을 위로했습니다. <내가 죽인 식물의 위령비>를 세우게 된 이유였죠.

식물집사에게 식물을 죽이는 일이란 운명과 같습니다. 이미 18세기 유럽의 많은 식물학자들도 열대식물을 온전히 살리는 데 애를 먹었다고 하니까요. 역사학자 루크 키오(Luke Keogh)도 당시 식물학자들의 고충을 이렇게 말합니다. "리빙스턴(David Livingstone, 영국 식물학자)은 식물 1천 개체 중 오직 한 개체만이 여행에서 살아남는다고 추정했다."(《세계사를 바꾼 위대한 식물상자》 중에서)

이미 200여 년 전 원예전문가들조차 많은 식물을 죽여왔던 것입니다. 그 이유는 남미와 인도, 호주 등지에 서식하는 열대식물을 몇 개월의 항해를 거쳐 유럽으로 가져와야 했기 때문입니다. 배로 이동하는 동안 식물은 대부분 살아남지 못했습니다.

그러던 중 1842년 영국의 식물학자 너새니얼 워드(Nathaniel Bagshaw Ward)가 이동식 온실을 발명하게 됩니다. 오늘날 테라리움의 시초가 된 '워디언 케이스 (wardian case)'지요. 너새니얼 워드는 워디언 케이스에 고사리와 같은 열대식물을 담아 영국으로 실어 옮기는 데 성공했습니다. 그의 성공 덕에 유럽인들은 열대의 이국적인 식물들을 마음껏 감상할 수 있게 되었습니다. 19세기 유럽의 원예 열풍은 워디언 케이스에서 시작되었다고 해도 과언이 아닙니다.

특히 열대식물은 높은 습도가 필요했습니다. 너새니얼 워드는 식물의 원산지 환경을 유지해줘야 한다는 기본 원리를 놓치지 않았습니다. 이동형 유리 온실에 고사리가 살 수 있는 환경을 만들어준 것이지요. 물론 유리 온실은 습도뿐 아니라, 온도와 빛, 토양, 통풍 등의 환경이 갖춰진 작은 생태계였습니다.

'식물의 원산지를 확인하라.'

이 문장은 너새니얼 워드가 열대식물을 유럽으로 가져올 때 가장 중요하게 생각한 원칙입니다. 200여 년이 흐른 지금도 열대식물을 키우는 식물집사라면 반드시 기억해야 합니다. 저 역시 이 원칙을 금문자로 아로새겨 절대 식물을 죽이지 않을 것을 맹세해봅니다. 그럼에도 불구하고 저는 여전히 죽어나가는 식물

이름표를 코르크판에 꽂고 있네요. 안다고 다 실천할
수 없는 것이 또 인생인가봅니다.

그래서 저는 식물방 문을 열고 들어서면, 제일 먼
저 맞이하는 식물 위령비에 항상 가볍게 인사하고 조
명을 켭니다.

정글의 공생

동짓날, 건물의 공용 난방기가 고장났습니다. 열대 식물은 특히 겨울에 취약한데, 이 한파가 며칠 더 계속되다가는 식물들이 모두 냉해로 죽을 판입니다. 저는 임대인에게 전화를 걸었습니다.

"사장님, 식물들이 너무 춥네요. 빨리 난방 공사를 해주셔야 할 것 같습니다."

"아이고, 지금은 돈이 없는데 석유난로를 들이면 어떨까요?"

'오피스텔 건물에, 그것도 11층에 석유난로라니….'

저는 어디서 나온 배짱인지 임대인에게 으름장을 놓았습니다.

"사장님, 그럼 저는 방을 빼겠습니다. 내일이라도 당장 뺄 수 있거든요."

임대인은 다시 연락을 주겠다며 전화를 끊었습니다. 제가 이렇게 말하긴 했지만 식물방에는 이미 식물뿐 아니라 어항이 스무 개는 족히 넘었습니다. 사실 당장 방을 뺄 수 있는 상황도 아니었지요. 다만 한 가지 들은 정보가 있다면, 이 건물에 공실이 제법 있다는 것이었습니다. 다행히 그날 이후 건물 내의 임대인들이 논의하여 건물 전체에 천장형 냉난방기를 놓기로 했다는 낭보를 전해들었습니다. 그 해 겨울은 극적으로 식물들어 따뜻하게 보낼 수 있었지요.

그 일이 있고 몇 달 후, 건물에는 이런 소문이 나돌았습니다.

'11층에 정체를 알 수 없는 이상한 곳이 있다.'

저의 식물방에는 벽까지 뿌리가 박힌 식물들과 수 톤의 물이 담긴 어항들로 빼곡하게 들어차 있습니다. 게다가 무게라면 빠지지 않는 책까지 점령해 있으니 방문객들의 호기심을 자극할 만합니다. 그 소문이 임대인의 귀에 들어갔는지는 알 수 없습니다. 다만, 소문이 나돈 직후 저는 임대인에게서 임대료를 올리겠다는 통보를 받게 되었을 뿐이죠.

저는 그날 결심했습니다.

'이렇게 된 김에 제대로 된 정글을 만들어봐야겠군!'

한쪽 벽면을 아예 덩굴식물로 채우기로 했습니다. 덩굴식물을 채울 벽의 높이는 230센티미터, 폭은 100센티미터였습니다. 벽면에 마른 수태를 붙인 뒤 덩굴식물들을 한땀 한땀 식재해나갔습니다. 집에서 흔하게 키우는 스킨답서스부터 에피프레넘 피나텀, 몬스테라

두비아, 아미드리움 미디움, 라피도포라 등 이름만큼이나 관리가 어려운 식물들까지 모두 수태벽에 붙여 나갔습니다. 봄, 여름, 가을…. 세 번의 계절을 나는 동안 손바닥보다 작았던 식물들은 경쟁적으로 수태벽에 뿌리를 박으며 잎을 키웠습니다.

수태벽은 치열한 생존의 각축장으로 변해갔습니다. 클라이밍 대회도 이보다 전투적이지는 않을 것입니다. 빛을 향한 식물들의 경쟁에는 한치의 양보도 없었습니다. 식물들은 어디든 줄기가 닿는 곳이라면 벽에 뿌리를 박고 올라섰습니다.

하지만 그들에게도 나름의 경쟁 규칙이 있었습니다. 잎이 커지기 시작하면서 식물들은 잎을 찢고 구멍을 냈거든요. 열대의 덩굴식물이 잎을 찢고 구멍을 내는 데는 이유가 있습니다. 식물학자 이나가키 히데히로는 덩굴식물의 생존 방식에 대해 이렇게 말합니다. "라피도포라의 딜레마는 덩굴식물로서 자신의 잎 바로 위에 다른 잎을, 그리고 그 잎 위에 또 다른 잎을 쌓아갈 수밖에 없는 구조라는 데 있다. (…) 이 식물은 자기 잎들에 스스로 무수히 구멍을 내어 그 사이사이로 빛이 스며들게 해서 전체 잎의 광합성을 돕는다.

공동체(라피도포라) 전체를 발전시키기 위해 개인(이파리)이 희생하는 시스템을 체계적으로 구축한 셈이다."(《세계사를 바꾼 15가지 식물》 중에서)

덩굴식물은 잎이 커지면서 자신의 잎에 구멍을 내고 찢으면서 아래쪽에 있는 잎들의 광합성을 돕는다는 것입니다. 이것이 그들의 경쟁규칙이었습니다. 하지만 한 가지! 저는 열대의 덩굴식물이 잎에 구멍을 내고 잎을 찢는 행위가 그의 말처럼 '개인(이파리)의 희생'이라고는 생각하지 않습니다.

오히려 공동체 모두가 살아남기 위한 공생의 전략이 아닐까 하는 것이죠. 아래에 작은 잎들이 죽는다면 언젠가는 위에서 크는 잎들도 죽을 테니까요. 덩굴식물이 경쟁하며 벽을 타더라도 분명히 누군가의 희생을 담보로 하지는 않을 것입니다.

이 벽타기 경쟁에서 가장 빨리 천장에 도착한 식물은 누구였을까요? 스킨답서스였습니다. 화원에서도 몇 천 원이면 큰 화분 하나를 살 수 있는 흔한 식물이지요. 생각해보면 예정된 결과인지 모릅니다. 스킨답서스의 영어 이름은 포토스(pothos)거든요. 포토스는 그리스 신화에 등장하는 욕망의 신입니다. 스킨답서스가 자라는 모습을 보면 충분히 이해하고도 남지요. 욕망의 화신처럼 줄기를 뻗어내는 속도가 무서울 정도입니다. 한참 물을 말려 잎이 축 처져 있어도 물을 주면 이내 활력을 되찾습니다. 빛이 없어도 잘살고 빛이 있으면 더 잘사는 식물입니다. 스킨답서스는 이제 수태벽을 넘어 식물방의 천장을 점령한 상태지요.

11월이 되자 덩굴식물들은 일제히 성장을 멈추고 숨을 돌리고 있습니다. 기온이 떨어졌다고 해서 그 틈을 타 먼저 속도를 내며 잎을 키우는 식물도 없습니다. 욕망의 화신 스킨답서스도 마찬가지고요. 서로 경쟁은 했지만 지금은 모두 다 같이 휴식을 취하고 있습니다. 그것이 공생하는 길이라는 것을 식물들이 더 잘 알고 있는 듯합니다. 의자에 걸터앉아 덩굴식물들을 무심히 보고 있습니다. 천장에 매달린 스킨답서스가 저에게 말을 건네네요.

'혼자만 잘 살믄 무슨 재민겨?'

나의 열대, 나의 사라왁

보르네오섬이 원산지인 베고니아를 키우게 되었습니다. 식물이름표에는 'Begonia from Sarawak(사라왁이 보내온 베고니아)'이라고 적혀 있었습니다. 저는 한치의 의심없이 이렇게 생각했습니다.

'사라왁이라는 분이 보냈구나!'

그후 보르네오섬에서 온 식물들을 본격적으로 모으기 시작했는데, 사라왁이라는 이름이 등장하는 것은 베고니아만이 아니었습니다. 호말로메나, 라비시아, 아르디시아에도 어김없이 '사라왁'이 적혀 있었지요. 사라왁은 틀림없이 보르네오섬에서 유명한 식물 수집가이거나 식물계의 큰손일 거라고 생각했습니다. 그런데 식물을 수집하면 할수록 더 많은 큰손들의 이름을 만나게 되었습니다. 그중에는 링가, 자바, 수마트라, 칼리만탄 씨도 있었지요. 그러던 어느 날 이들의 이름에 강한 의구심이 드는 순간이 있었습니다. 그들의 이름이 타일랜드, 베트남, 페루 씨였기 때문입니다. 그때서야 저의 무지함을 깨닫게 되었죠.

'아차!'

사라왁은 식물계의 큰손이 아니라 말레이시아 보르네오 섬에 위치한 주(州) 이름이었던 것입니다. 링가 씨도 자바 씨도 모두 말레이시아의 지명이었습니다. 사라왁의 면적은 우리나라의 1.2배이고, 연중 강수량은 우리나라의 3배가 넘습니다. 2천 종의 나무와 1천 종의 난초, 757종의 양치식물이 살고 있는 천혜의 보고이지요. 사라왁은 멸종위기종인 오랑우탄의 서식지이기도 합니다.

사라왁 씨든 사라왁 주든 저에게는 문제가 되지 않았습니다. 사라왁이라는 이름은 베고니아와 함께 저에게 온 순간 '나의 열대'로 각인되었으니까요. 저는 1년 내내 우기인 열대의 밀림 사라왁을 상상하며 그동안 모아온 식물들을 하나하나 테라리움장으로 옮겨 심었습니다.

시간이 지나자 식물들은 헌 잎을 떨구고 새 잎을 냈습니다. 새로운 환경에 적응이 되었다는 신호였습니다. 식물들은 마치 원래부터 여기에 있던 것처럼 자리를 잡아갔지요. 낯선 열대 사라왁으로부터 온 식물들은 어느덧 '나의 사라왁'의 일부가 되어갔습니다. 그 해 여름, 저는 사라왁의 식물을 키우는 감동을 짧은 일기로 남길 수 있었습니다.

나의 정글-

보르네오섬을 깍뚝썰어놓은

이곳 작은 열대 앞에서

나는 보르네오가구 붙박이장이 되어

꼼짝할 수가 없네요.

사라지는 습지

보르네오섬의 사라왁은 12%가 이탄 습지입니다. 이탄 습지는 식물의 잔해가 물이 고인 상태에서 수천 년에 걸쳐 퇴적되어 만들어진 땅을 말합니다. 면적은 지구 표면의 3%에 불과하지만, 전 세계 1/3의 이산화탄소를 저장하고 있습니다. 이탄 습지가 아마존의 열대우림과 함께 지구의 탄소 저장고로 불리는 이유지요.

분갈이 흙의 주요 배합재료로 쓰이는 피트모스가 이탄 습지에서 채취됩니다. 피트모스는 물과 영양분을 보관하는 능력이 뛰어나고, 세균 번식을 막을 수 있어 오래전부터 식물집사에게 사랑받아왔습니다. 이탄 습지는 사라왁뿐 아니라 북유럽과 러시아, 캐나다 등지에 분포되어 있습니다.

20세기 초부터 20세기 말까지 유럽에서는 이탄 습지의 피트모스를 무분별하게 채취했습니다. 피트모스는 원예용 식물과 농작물을 키우는 데 좋은 재료이기도 하고 연료와 가축의 먹이로도 유용했습니다. 인간은 수십 년 동안 이 쓸모 있는 피트모스를 채취해오면서 결국 수천 년 간 퇴적되어온 이탄 습지를 순식간에 고갈시켰습니다.

영국의 이탄 습지는 90%가 파괴되어 매년 1,000만 톤의 이산화탄소가 대기중에 배출되고 있습니다. 2015년과 2019년, 인도네시아의 이탄 습지에서 대규모 화재가 발생하자 단 며칠 만에 10억 톤의 이산화탄소가 빠져나왔습니다. 사라왁도 예외는 아니었죠. 이곳에 팜나무를 심기 위해 물을 빼고 벌채를 하면서 파괴되어갔습니다. 팜나무 열매에서 추출하는 식용유인 팜유는 쓰임이 많은 만큼 개발은 더욱 가속도가 붙었습니다.

이탄 습지의 생태계가 파괴되면 기후변화에 영향을 주게 된다는 것이 뒤늦게 알려졌습니다. 이탄 습지를 보유한 나라들은 부랴부랴 이탄 습지를 보호하기 시작했지요. 영국 정부는 이미 2024년부터는 가드닝용 피트모스의 판매를 금지한다고 발표했습니다. 전 세계에서 가장 넓은 이탄 습지를 가진 캐나다 역시 채취와 동시에 복원 작업을 병행하면서 피트모스의 지속가능한 사용을 위해 정부 차원에서 관리하고 있고요. 미국의 한 업체는 폐지를 재활용하여 피트모스를 대체하는 흙을 개발하여 판매하고 있습니다. 다행히 지금은 이탄 습지를 살리기 위해 전 지구적으로 노력을 하고 있습니다. 하지만 우리가 소중한 식물을 예쁘게 키우기 위해 지구가 멍들어왔다는 것도 한 번쯤은 생각해볼 필요가 있습니다.

함께 식물을 키운다는 건

1년 동안 열 명의 식물친구들과 하나의 식물을 키웠습니다. 식물 이름은 몬스테라 오블리쿠아(*Monstera obliqua*)입니다. 어느 날, 한 식물친구가 지인들에게 이 식물을 나눠주겠다고 했습니다. 저는 덩실덩실 춤이라도 추고 싶었습니다. 그 식물은 저의 위시리스트였거든요.

'이런 멋진 친구 같으니라고!'

그는 열 명의 식물친구들에게 오블리쿠아의 사진 한 장을 전송했습니다. 잔뜩 기대에 부푼 저는 사진을 보자마자 실망하고 말았습니다. 제가 생각한 오블리쿠아가 아니었기 때문입니다. 오블리쿠아의 매력은 뭐니뭐니 해도 기괴할 정도로 크게 뚫린 잎의 구멍입니다. 구멍의 면적은 잎의 면적을 압도해야 했습니다. 생선 뼈라고 해도 믿을 만큼 가냘픈 잎이어야 했지요. 그러나 그가 보내온 사진 속 식물은, 잎은 고사하고 이쑤시개만 한 길이의 줄기가 전부였습니다.

그러고보니 기억 나네요. 이 줄기는 그가 몇 년 전 오블리쿠아를 구했다며 보여준 것과 같은 생김새였습니다. 그때 그는 조심스레 줄기를 손가락으로 집어 저에게 보여주면서 말했지요.

"여기 줄기 사이에 볼록 튀어나온 부분 보이죠? 이 부분이 생장점이에요. 이 줄기를 잘 관리해서 키우면 생장점에서 잎이 나올 거예요."

저는 그에게 반드시 성공해서 오블리쿠아를 '영접'할 수 있게 해달라고 부탁했습니다. 몇 달 후, 그는 드디어 이쑤시개만 한 줄기에서 기괴한 모양의 구멍이 뚫린 오블리쿠아의 잎을 키워냈습니다.

그가 식물친구들에게 주겠다던 식물이 그때 키운 오블리쿠아의 줄기였습니다. 그가 말했습니다.

"오블리쿠아는 빛이 부족하면 바로 웃자라요. 웃자라면 잎은 안 나오고 줄기만 길어집니다. 이 줄기를 하나씩 잘라서 드릴 테니까 필요하신 분은 키워보세요."

'줄기면 어때! 나도 반드시 오블리쿠아 잎을 내고 말겠어.'

오블리쿠아의 줄기를 받은 열 명의 식물집사들은, 자기만의 방식으로 식물을 키우기 시작했습니다. 누군가는 생장점을 물에 담궈 뿌리를 내려보겠다고 했고, 누군가는 수태에 뿌리를 감싼 뒤 잎을 내겠다고 했습니다. 또 누군가는 그냥 흙에서 키워보겠다고 했지요. 과연 어떤 결과가 나올지 궁금했습니다. 저는 그들에게 줄기의 성장일지를 기록하자고 제안했습니다. 식물에게 변화가 있을 때마다 사진을 공유하는 것은 또 다른 즐거움이니까요.

그후 누군가에게서 식물 소식이 들려왔습니다. 그는 오블리쿠아가 여름을 넘기지 못하고 물컵에서 녹아 없어졌다고 했습니다. 다른 누군가는 다행히 뿌리가 한 줄 나오고 있다고 했습니다. 그 즈음 제 오블리쿠아도 수태 위에 올려놓은 줄기에서 서서히 잎이 나올 기미가 보였습니다.

식물의 줄기를 키운 지 1년이 되어가자, 각자의 방식으로 키운 식물의 결과도 하나둘 모습을 드러냈습니다. 첫잎을 낸 사람에서부터 서너 장의 잎을 키워올린 사람까지 다양했습니다. 한날한시에 시작했지만 서로 다른 과정을 겪고 있었습니다. 심지어 누군가는 1년 전에 받은 줄기의 모습을 그대로 유지하는 신공(?)을 보여주기도 했습니다. 1년 간 줄기가 꼼짝도 하지 않은 것을 보고 누군가는 폭소하며 말했지요.

"이건 죽은 것도 아니고 산 것도 아니여!"

식물을 키운다는 것은 지극히 사적인 공간에서 벌어지는 사적인 취미라고 생각했습니다. 그런데 1년간 열 명의 식물집사와 함께 식물을 키워보니 꼭 그런 것만은 아니었습니다. 가장 사적인 공간에서 식물과 함께 시간을 보내는 동안, 한편에서는 나와 같은 방향으로 걷고 있는 누군가가 있다는 것을 알게 되었습니다. 이쑤시개만 한 오블리쿠아 줄기를 한날한시에 키우기 시작한 사람들이 있다는 것, 그것은 나의 오블리쿠아가 죽더라도 괜찮을 만큼의 큰 위안이었습니다.

누가 알로카시아를
죽였을까

그녀는 다 죽어가는 식물을 들고 식물방으로 찾아왔습니다. 알로카시아 프뤼덱(*Alocasia frydek*)이었습니다. 식물은 말라버린 잎 두 장과 새 잎 한 장을 겨우 달고 있었습니다. 그녀가 말했습니다.

"아는 언니한테 선물로 받았는데 처음에는 잎이 풍성했거든요."

목대가 굵은 것을 보니, 전 주인이 제법 튼튼하게 키운 듯했습니다. 대략 열 장의 잎이 나온 흔적이 있었습니다. 유묘 때부터 키웠다면 적어도 1년은 되어야 나올 수 있는 잎의 수였습니다.

"처음에는 큰 잎이 세 장 정도 있었는데, 새 잎 한 장이 나오면 그 전 잎이 시들더라고요."

잎을 살펴보니 응애가 창궐했습니다. 응애는 식물의 잎이나 줄기에 있는 세포액을 빨아먹는 해충입니다. 응애가 있던 자리는 잎이 노랗게 변합니다. 그나마 유일하게 남은 잎 한 장에도 응애가 있었습니다. 먼저 나온 잎이 새로 나온 잎에게 응애를 물려주고 죽은 것이 틀림없습니다. 이런 경우에는 과감하게 처방을 내릴 필요가 있습니다. 저는 그녀에게 가위를 건넸습니다. 그리고 명탐정 코난처럼 말했지요.

"당신은 응애와 잎 한 장을 키우고 있었군요. 아예 남은 잎 한 장도 잘라버리세요."

"아…?"

"응애는 해충약으로 방제가 가능하지만, 아주 질긴 녀석입니다. 잎이 하나밖에 없으니 차라리 깔끔하게 자르고 새로 시작합시다. 알로카시아는 일종의 구근식물이기 때문에 잎이 없어도 습도를 높여서 키우면 다시 새 잎을 낼 수 있습니다."

그녀는 그 말을 듣고는 아깝다는듯 남은 잎 한 장을 잘라냈습니다.

그다음으로 뿌리를 확인해보기로 했습니다. 뿌리는 식물의 상태를 알 수 있는 중요한 단서입니다.

"괜찮으시다면, 화분을 엎어서 뿌리를 한번 보고 싶습니다만…"

"네. 괜찮아요."

알로카시아의 화분을 뒤집어 흙을 쏟아내려는 순간, 흙보다 먼저 힘 없이 '쏙' 빠져나오는 것이 있었습니다. 줄기였습니다. 심지어 줄기에 붙은 잔뿌리는 전부 녹은 상태였지요. 줄기는 마치 몽둥이처럼 깔끔했습니다.

알로카시아가 잘 죽는 이유 중 첫 번째가 응애 피해라면, 두 번째는 과습입니다. 그녀의 알로카시아는 두 가지 조건을 모두 갖추고 있었습니다. 저는 흘러내린 안경을 추어올리며 말했습니다.

"음…. 이제야 모든 것이 분명해졌군요. 의뢰인께서 가져온 이 알로카시아는 1차로 응애 피해를 입으면서 잎이 시들어갔습니다. 잎이 병 들자 잎의 수는 점점 줄어들었지요. 결국 잎은 한 장만 남게 되었습니다. 하지만 남은 잎 한 장마저도 응애를 물려받았으니, 제대로 광합성을 못했을 테고요."

저는 이어서 그녀의 알로카시아가 죽음을 눈앞에 둔 두 번째 이유를 설명했습니다.

"식물은 잎의 수가 적으면 광합성과 증산작용을 덜하게 됩니다. 그러면 잎에서도 물이 덜 증발하게 되고 뿌리도 물을 덜 흡수하겠지요? 결국 화분 속에는 예전보다 더 많은 물이 담기는 꼴이 됩니다. 화분 속의 물이 많아지는 것, 이것을 우리는 '과습'이라고 부릅니다! 알로카시아는 유난히 잔뿌리가 많아서, 과습에 잘 노출되어 있어요. 그래서 잔뿌리가 많은 식물일수록 화분에 공기가 더 잘 통해야 합니다. 자, 결론을 냅시다. 알로카시아를 죽음으로 몰아넣은 범인은 바로⋯ 응애와 과습입니다!"

그녀는 난감한 듯 물었습니다.

"명탐정 코난님⋯. 아니, 아피스토님, 그럼 저는 어떻게 해야 할까요?"

"제가 처음 키웠던 알로카시아의 이야기가 도움이 될지 모르겠습니다만⋯."

저는 그녀에게 이야기를 들려주었습니다.

*

자, 들어보시죠. 제가 처음 키운 알로카시아는, 알로카시아 핑크 드래곤(*Alocasia lowii* 'Morocco')이었습니다. 키운 지 4년이 넘다보니 제법 대품의 위용을 자랑했지요. 핑크 드래곤은 이름대로 핑크빛 줄기에 용의 거친 등껍질 같은 잎을 펴내는 매력적인 식물입니다. 저는 핑크 드래곤 외에도 여러 알로카시아를 키웠지만, 용케도 이 친구만 한 번의 부침도 없이 잘살고 있어요.

저도 이유가 궁금했습니다. 곰곰이 생각해보니 토분에 비밀이 있다는 걸 알았습니다. 핑크 드래곤을 심은 토분은 농사를 짓는 지인의 텃밭에서 굴러다니던 '막토분'이었거든요. 형태는 투박하고 질감은 거칠지만 통기성만큼은 뛰어났던 겁니다. 낮은 온도에서 구운 전형적인 저화도 토분이었던 것이지요. 저화도 토분은 내구성은 떨어지지만 다른 화분에 비해 물이 빨리 마르는 장점이 있습니다. 화분이 숨을 잘 쉰다는 반증입니다.

이제는 화분이 작아 보일 정도로 식물이 커졌지만 여전히 풍성한 잎을 내주고 있어요. 뿌리가 건강하다는 뜻이겠지요? 알로카시아가 겨울에 유독 몸살을 앓는 이유도 과습이 한몫합니다. 온도가 낮아지면 급격하게 성장이 더뎌지죠. 여름 때와 같은 루틴으로 물을 주다가는 화분의 물마름이 느려지면서 알로카시아의 잔뿌리들이 순식간에 녹을 수 있습니다. 뿌리가 가늘수록 흙속의 뿌리들은 서로 쉽게 엉키게 되고, 밀도가 높아지면서 뿌리는 숨 쉬기가 힘들어집니다. 그래서 흙속의 공기 흐름이 좋아야 하는 것이지요. 알로카시아는 겨울이 오면 특히 물을 적당히 '굶길' 필요가 있습니다. 저는 《반려식물 인테리어》라는 책에서 영국에 사는 사진가 제스카의 식물 다루는 법을 인상 깊게

읽은 적이 있어요. 그녀는 이렇게 말했습니다.

"저는 정말 식물을 사랑하지만 솔직히 말해 약간 험하게 다루는 편이에요. 대부분 목숨을 부지할 정도로만 가끔 물을 줍니다. 말하자면 무시하듯 대해서 안달복달하게 만드는 거죠. 그렇지만 제 나름으로 기억하는 성장기 때가 되면 저절로 느낌이 옵니다. 그리고 물론 식물들에게 말을 걸기도 하고요."

얼마나 긴밀한 유대감인가요? 그녀는 아마도 식물과 이런 대화를 나누었을 겁니다.

식물　　물 줘.

식집사　(차분하게 타이르듯) 조금만 기다려.

식물　　(다급하게) 빨리 줘.

식집사　조금만 기다리라니까.

식물　　(협박조로) 지금 물 안 주면 나 죽는다.

식집사　알았어.

식물　　(뜸 들이는 식집사를 의아하게 쳐다본다) …?

식집사　내일 꼭 줄게.

식물　　(부글부글)

이렇게 식물과 밀당을 하면서 물주기의 타이밍을 찾아낸다면, 그 어떤 매뉴얼도 필요없을 겁니다.

식물방을 찾아온 그녀는 몽둥이만 남은 알로카시아 화분을 두손으로 받쳐 들고 일어섰습니다.
"고맙습니다. 잘 키워볼게요."
"네. 식물과의 밀당이 관심의 시작입니다. 건승을 빕니다."

토분 세척 잘하는 법

구연산 세척

세척 전에 청소솔로 토분의 때를 벗겨내세요. 구연산은 세척과 함께 살균소독하는 능력도 있지만, 살균소독까지 하려면 꽤 많은 양의 구연산이 필요합니다. 1리터당 약 10g을 넣고 하루 정도 담구면 묵은 때가 벗겨집니다.

락스 소독

락스는 가장 확실한 살균소독제입니다. 락스로 보이지 않는 곰팡이균을 없애야 합니다. 락스 용기 뒷면의 사용법에 따라 200~500배로 희석하여 5~20분간 담굽니다. 락스물에서 뺀 토분은 락스 냄새가 없어질 때까지 햇빛이 잘 드는 곳에 놓고 말립니다. 말린 후 토분과 토분 사이에 신문지를 끼운 다음, 엎어서 보관하세요.

주의할 점

1. 반드시 고무장갑을 끼고 구연산과 락스를 다루세요.
2. 구연산과 락스의 희석 용기는 금속이 아닌 플라스틱 소재를 써야 합니다. 락스는 산화형 살균소독제이기 때문에 금속 표면을 부식시킬 수 있습니다.
3. 락스는 반드시 찬물로 희석하세요. 따뜻한 물이나 끓는 물에 희석해도 문제는 없지만, 혹시 모를 위험을 위해서 락스 제조사에서는 찬물을 권장합니다.
4. 구연산과 락스를 같이 섞어 쓰면 세척과 살균 기능을 모두 잃게 됩니다. 구연산은 산성이고 락스는 알카리성이기 때문에, 둘이 만나면 중화되면서 아무 효과가 나지 않습니다. 세척과 소독 효과를 동시에보고 싶다면 끓는 물에 구연산을 희석하는 것이 대안입니다.

10월은 봄을 준비하는 달

열대식물을 키우는 식물집사에게 축복이던 여름이 끝나갑니다. 뒤돌아서면 식물이 쑥쑥 자라니 신이 나면서도 성장 속도가 무섭습니다. 식물집사는 언제나 겨울을 앞두고 걱정이 많아집니다. 추운 겨울이 오면 식물이 하나둘 죽기도 하고, 베란다 식물을 거실로 들이는 것도 한걱정이지요. 체코의 작가 카렐 차페크 (Karel Čapek)는 10월을 이렇게 말했습니다.

"10월은 봄이 시작되는 첫 달, 땅속 깊은 곳에서 싹이 트고 생장하는 달, 남몰래 싹눈이 여무는 달이다."(《정원가의 열두 달》 중에서)

겨울은 오지도 않았는데, 봄이 시작되는 첫 달이라니요? 그는 10월이 "식물을 새로 심거나 옮겨 심기 가장 좋은 달"이라고 말합니다. 그래서 정원의 식물들을 이곳저곳으로 옮기며 빈자리를 찾아다니지요. 저 역시 가을이 되면 식물을 베란다에서 거실로 옮기기 시작합니다. 그리고 한 가지 하는 일이 더 있습니다. 카렐이 식물을 여기저기 옮겨 심는 것처럼 저는 분갈이를 합니다.

노지 식물과 실내 식물이 맞이하는 10월은 크게 다르지 않습니다. 여름 한철 마음껏 성장한 식물들은 선선한 가을 바람이 불면 누구보다 먼저 날씨를 알아차립니다. 그리고 더디 성장하지요. 저는 이때를 놓치지 않고 그간 자란 식물들의 화분을 들여다봅니다. 꽉 찬 뿌리가 겉흙 위로 올라와 있지는 않은지, 화분 배수구멍 밖으로 삐져나온 뿌리는 없는지 말이지요. 식물에게 물을 줄 때 물이 아래로 잘 빠지지 않으면 그것 역시 분갈이의 시그널입니다.

카렐이 10월을 "봄이 시작하는 첫 달"이라고 한 데는 폭풍 성장하던 식물들이 잠시 숨을 돌리는 계절이기 때문입니다. 이때 무성하게 자란 식물을 빈자리로 옮겨 심거나 분갈이를 한다면 식물의 스트레스를 줄일 수 있거든요. 식물집사도 땀을 덜 흘릴 것입니다.

저희 집에는 여름철 열대식물만큼이나 무럭무럭 자라는 아이가 있습니다. 열세 살 첫째 딸입니다. 심지어 요즘에는 밥 먹는 양이 저를 넘어섭니다. 자고 일어나면 커져 있지요. 그 아이에게 당장 새 옷을 사 입히는 것은 의미가 없습니다. 계절이 바뀔 때까지 기다리다 칠부 바지가 되어버린 옷을 둘째아이에게 물려주고 첫째아이에게는 바뀐 계절에 맞춰 새 옷을 사

줍니다.

식물도 한창 크는 여름에 분갈이를 한다면 성장하는 아이에게 매일매일 새옷을 사입히는 것과 같습니다. 계절이 바뀔 때까지 기다린다면 그사이 충분히 커 있을 것입니다.

어느 날, 지인이 저에게 물었습니다.

"식물은 어차피 클 텐데 아예 분갈이할 때 큰 화분에 옮기면 안 되나요?"

제가 대답했습니다.

"아이한테 '너 어차피 크면 짜장면 곱빼기 먹어야 되니까 지금부터 짜장면 곱빼기 먹어라' 하고 말하는 것과 같아요. 한 치수나 1.5배 큰 화분으로 옮겨주는 게 좋습니다. 화분이 커지면 그만큼 흙도 많이 들어가고 물도 많이 들어가요. 뿌리가 먹을 양보다 지나치게 많은 물과 영양을 준다면, 소화하지 못하고 탈이 나겠지요."

그렇다고 한정 없이 화분을 키워줄 수도 없습니다. 특히 열대식물은 화분이 커지면 잎도 따라 커집니다. 제한된 공간에서 키운다면 고민은 더 깊어집니다. 저는 이미 식물에게 점령 당해 식민지 생활(?)을 하고 있지만, 몬스테라나 필로덴드론 같은 식물은 줄기를 잘라 쉽게 번식할 수 있으니 분양하는 것도 좋은 방법입니다. 그게 아니라면 분갈이를 할 때 잎과 뿌리를 정리하고 새 흙만 갈아주면 일정한 크기로 오랫동안 키울 수 있습니다.

이제 분갈이를 마쳤다면, 겨울 동안 최소한의 생장온도와 습도를 유지해주는 일이 남겠지요. 여름만큼은 아니지만 식물은 겨울에도 실내에서 조금씩 성장합니다. 겨울은 건조한 계절이니 가습기를 틀어주면 좋고요. 실내 온도는 우리가 내복을 입고 춥지 않다고 느낀다면 식물도 견딜 수 있습니다.

환기는 신경 쓸 필요가 있습니다. 꽁꽁 창문을 닫고 지내다보니 공기가 잘 흐르지 않습니다. 차가운 바깥 공기를 한번에 들이기보다는 집 안의 공기가 흐를 수 있도록 서큘레이터를 사용하면 좋습니다. 갑자기 찬 바깥 공기가 '훅' 하고 들어오면 사람도 몸을 움츠리니까요.

식물집사는 그야말로 숨 돌릴 틈이 없습니다. 여름엔 물시중 드느라 바빴지요. 가을이 되니 이제는 바짓단 짧아진 아이에게 새 옷을 사 입히듯, 훌쩍 큰 식물

에게 새 화분을 준비해줘야 합니다. 아! 물론 식물집

사라면 그 일조차 즐기고 있겠지만요.

환기, 창문 활짝 열지 마세요

식물의 환기를 위해서 꼭 창문을 활짝 열 필요는 없습니다. 너무 강한 바람은 오히려 식물에게 스트레스를 줄 수 있지요. 식물에게는 바람보다 공기의 흐름이 중요합니다. 식물의 잎에서는 이산화탄소와 산소가 들고 나가는 광합성작용과 함께 잎에 있던 물이 수증기 상태로 증발하는 증산작용이 일어납니다. 그런데 공기가 흐르지 않고 한쪽에 모여 있다면 어떨까요? 잎이 내뱉은 산소는 잎 주변에서 머물러 있을 것이고, 산소가 정체되어 있으면 뿌리가 산소를 흡수하기 어려울 것입니다.

식물의 잎 주위에는 잎과 평행하게 흐르는 공기층이 있는데, 이것을 엽면의 경계층이라고 합니다. 이 엽면 경계층이 10mm 이하로 유지될 때 원활하게 증산작용을 합니다. 하지만 공기 흐름이 원활하지 않으면 엽면 경계층이 두꺼워집니다. 그러면 식물의 증산작용을 방해하지요. 이 공기층의 두께를 유지하기 위해서는 초속 1~10cm의 잔잔한 바람이 필요합니다.

그래서 창문을 활짝 열어 강한 바람을 들이기보다는 실내에 서큘레이터와 같은 장치로 인위적으로 공기의 흐름을 만들어주는 것이 필요하지요. 서큘레이터를 고를 때는 버튼으로 된 전자식 제품보다는 다이얼로 된 수동식 제품이 좋습니다. 타이머로 시간을 맞춰 일정 시간 동안 서큘레이터를 켜고 끌 수 있어야 제품에도 무리가 가지 않습니다.

180년 전,

그때 그 몬스테라

식물방의 몬스테라가 결국 천장에 잎이 닿고 말았습니다. 줄기에서 뻗은 공기뿌리는 벽에 달라 붙어버렸고, 뿌리의 일부는 화분 밑으로 빠져나와 바닥을 기어다닙니다. 한때 몬스테라는 이국적인 정취를 상징하는 대표 식물이었는데 이제는 애물단지가 된 느낌입니다.

몬스테라는 크기가 작을 때는 구멍 난 잎을 볼 수 없지만, 점점 커갈수록 잎이 찢어지면서 구멍을 냅니다. 그때야 비로소 제대로 된 몬스테라의 모습을 볼 수 있지요. 저는 천장에 줄기가 꺾인 채 송송 구멍이 뚫려 있는 5년차 몬스테라를 바라보며 말합니다.

"네가 여기 와서 고생이 많다."

멕시코의 정원 '라스 포자스(Las Pozas. 초현실주의 시인 에드워드 제임스가 1949년부터 1984년까지 30년에 걸쳐 만든 예술 정원)'의 사진을 한 장 본 적이 있습니다. 저는 그 사진에서 눈을 뗄 수 없었습니다. 한쪽 구석에서 무심한듯 자라고 있는 몬스테라 군락 때문이었지요. 거실 화분에서만 클 것 같은 몬스테라가 버젓이 노지에서 자란다는 것이 오히려 비현실적으로 느껴졌습니다. 원산지인 멕시코에서는 사시사철 몬스테라가 밖에서 자라는 게 당연한데도 말이지요.

오리지널리티가 주는 감동이란 이런 것인가봅니다. "이곳이 진짜 열대구나" 하는 감동이 있거든요. 라스 포자스의 사진을 보고 있으니 더 이상 올라갈 데 없는 저의 몬스테라가 안쓰럽습니다.

몬스테라 델리시오사가 세상에 알려지게 된 것은 약 180여 년 전의 일입니다. 1840년 덴마크의 식물학자 프레데릭 리브먼(Frederik Liebmann)이 멕시코의 정글에서 이 식물을 처음 발견하면서 오늘날 우리의 거실에서 키울 수 있게 되었죠. 그는 이 식물을 발견하고는 이렇게 외쳤을지 모릅니다.

"그동안 뭐하다 이제 나타난 거니!"

하지만 몬스테라는 20세기가 넘어서야 일반 가정에서 키울 수 있었습니다. 그나마도 이 식물은 부유층의 상징과 같았습니다. 특히 이국적인 형태 덕분에 건축가나 화가들에게 많은 영감을 주었습니다. 야수파 화가로 잘 알려진 앙리 마티스는 그의 작품 <뮤직(The Music)>(1939)의 배경에 몬스테라를 과감하게 그려넣기도 했습니다. 실제로 마티스는 자신의 스튜디오에서 필로덴드론을 직접 키우며 모티프를 얻는 데 도움을 받았다고 하지요.

저는 프레데릭 리브먼이 멕시코의 정글에서 몬스테라를 발견한 180년 후, 구파발의 한 화원에서 이 식물을 발견했습니다. 그리고 속으로 외쳤죠.

'그동안 어디서 뭐하다 이제 나타난 거니!'

생각해보면 몬스테라와 같은 열대식물이 국내에서 유행한 것은 10년이 채 되지 않았습니다. 화원에서 조금씩 이 식물이 보이기 시작할 때 즈음, 해외 인스타그램에도 이 열대식물들의 피드가 올라왔으니까요.

그런데 해외 인스타그램의 식물 피드에는 공통점이 하나 있었습니다. 그들의 거실이나 침실에는 열대식물이 빼곡히 들어차 있었고, 어반 정글(Urban jungle), 즉 도심 속 정글이라는 해시태그가 빠짐없이 달려 있었습니다. 그러니까 열대식물로 실내를 정글처럼 꾸미는 인테리어 스타일을 어반 정글이라고 한 것이지요. 식물로 발 디딜 틈 없는 인테리어라니!

알고 보니 어반 정글 스타일의 인테리어 유행을 주도한 그룹은 따로 있었습니다. '어반 정글 블로거스

(Urban Jungle Bloggers)'라는 유럽의 가드닝 정보 커뮤니티입니다. 이 커뮤니티는 2013년 독일 출신의 식물애호가인 이고르 조시포비크(Igor Josifovic)가 만들었습니다. 어반 정글 블로거스는 홈가드닝에 필요한 정보와 팁, 그리고 아이디어를 블로그와 인스타그램에 공유하면서 큰 인기를 얻었지요. 현재까지 122만의 팔로워를 거느리고 있습니다.

어반 정글 블로거스와 같은 커뮤니티가 남미 열대식물 인테리어를 제안한 배경에는 남미 식물기업들의 역할이 큰 것으로 알려져 있습니다. 지금까지는 네덜란드 같은 원예강국이 세계 원예시장을 이끌었지만, 2010년대 초반부터는 체계적인 유통망을 갖춘 남미의 식물기업들이 혜성처럼 등장하면서 남미의 열대식물을 유럽과 북미에 보급하기 시작했습니다.

개량종에 싫증을 느낀 식물집사들은 남미 열대우림에 살던 원종의 매력에 빠져들었고요. 그들은 집 안 곳곳을 울창한 정글로 꾸몄고, 자신의 공간을 인스타그램에 공유했습니다. 그렇게 어반 정글 인테리어는 전 세계적으로 유행의 파도를 타게 되었습니다.

결국 열대식물 인테리어의 흥행에 '판'을 깐 것은

다름 아닌 남미의 식물기업이었습니다. 국내에서도 2017년 즈음부터 몬스테라와 필로덴드론, 안스리움 등 열대식물을 수입하는 식물업체들이 하나둘 생겼습니다. 그리고 2018년 팬데믹으로 수많은 사람들이 집 안에 '갇히면서' 열대식물의 수요가 폭발하게 됩니다.

천장에 머리를 박고 있는 5년차 몬스테라 역시 남미의 식물기업과 어반 정글 블로거스의 수혜(?)를 받아, 사계절이 뚜렷한 대한민국에서 타향살이를 하는 중입니다.

저는 결국 더 이상 뻗을 곳 없는 몬스테라를 위해 줄기를 잘라 큰 화분에 옮겨주었습니다. 어떻게든 식물이 잘살 수 있는 방법을 찾아야 했습니다.

화분으로 옮긴 몬스테라는 한참 분갈이 몸살을 한 뒤 서서히 기운을 내며 자리를 잡아갔습니다. 저는 이 식물을 키워줄 사람을 수소문했습니다. 다행히 한 동생에게 연락이 왔습니다.

"형님, 저희 회사에 식물 키울 공간이 하나 있어요. 층고도 4미터는 족히 되고요. 한쪽 벽이 부직포 재질로 되어 있어서 몬스테라가 타고 오르기에도 적당

할 것 같아요. 그 벽에 몬스테라를 태우면 온통 몬스테라 덩굴이 덮히지 않을까요?"

세상에, 그런 꿈의 공간이 존재한다니! 저는 당장 몬스테라를 동생 편에 실어 보냈습니다. 그런 환경이라면 저의 식물방보다 훨씬 더 크고 멋지게 자랄 것입니다. 180년 전 한 식물학자가 몬스테라 군락을 보고 유레카를 외쳤을 진짜 정글 풍경을 도시의 한복판에서 볼 수 있을 거라고 생각하니 벌써부터 가슴이 뜁니다.

몬스테라알보증후군

동네의 한 대형쇼핑몰을 다녀왔습니다. 여기저기 둘러보다가 발길이 멈춘 공간이 있었습니다. 식물을 판매하는 팝업스토어였지요. 팝업스토어는 한두 달 정도만 제품을 판매하고 사라지는 매장을 말합니다. 참새가 방앗간을 그냥 지나칠 수 없지요. 매장 안에는 10여 개의 업체가 모여 식물을 판매하고 있었습니다. 자세히 보니 대부분 희귀식물이었습니다. 몇 년 전만 해도 구하기 어려운 식물들이 이제는 부스마다 한두 포트씩 판매할 만큼 흔한 식물이 된 것입니다.

돌이켜보면 희귀식물의 광풍이었습니다. 잎 1장에 150만 원이 넘어도 꼭 사야 했던 식물이 있었습니다. 몬스테라 알보(*Monstera deliciosa* var. *borsigiana* 'Albo Variegata')가 그랬습니다. 이 식물은 수많은 식물집사에게 상사병을 안겨준 주인공이지요. 몬스테라 알보는 녹색 바탕의 잎 위에 하얀색과 연녹색 무늬가 뿌려진, 비현실적으로 아름다운 식물입니다. 새 잎이 나올 때마다 무늬 패턴이 일정하지 않은 것도 큰 매력이고요. 저 역시 이 아름다운 식물을 키우고 싶었지만 비현실적인 외모만큼이나 비현실적인 식물 값 때문에 엄두도 내지 못했습니다. 희귀식물은 다양한 종류를 모으는 맛으로 키우기도 했지만, 식테크로 키우는 사람도 있었습니다. 그 즈음, 식테크에 먼저 눈을 뜬 친구가 말했습니다.

"식물 잎을 한 장 구입해서 잘 키우면 잎이 두 장이 되겠지?"

"그렇겠지."

"그때 잎 한 장이 나온 줄기를 잘라서 뿌리를 내리는 거야. 이렇게 삽목(揷木)을 해서 당근마켓에 올리면 내가 처음 구입했던 값만큼 받을 수 있고, 운 좋으면 더 받을 수도 있어. 특히 이 몬스테라 알보는 요즘 가장 핫한 식물이라 가능하지."

"오! 잎 한 장 나올 때마다 진짜 돈이 자라는 거구먼."

원예시장은 대량생산화된 지 오래지만, 몬스테라 알보는 일일이 줄기를 잘라 파는 비효율적인 방식으로만 유통되었습니다. 태생이 돌연변이이기 때문입니다.

식물은 잎의 광합성작용을 통해 빛을 흡수하고 에너지를 얻지요. 잎에서 광합성을 하는 엽록소가 녹색이기 때문에 엽록소가 많을수록 잎은 녹색이 됩니다.

하지만 가끔은 잎에 하얀색이나 아이보리색, 노란색이 섞인 돌연변이 식물이 태어납니다. 이 식물들은 잎에 녹색 엽록소가 적은 만큼 광합성을 덜 하기 때문에 더 많은 빛이 필요합니다. 돌연변이 식물은 생존 경쟁에서 뒤쳐질 수밖에 없습니다. 식테크에 눈을 뜬 그 친구는 이 식물이 희귀한 이유를 알려주었습니다.

"돌연변이 식물은 자기 자식한테 돌연변이 DNA를 물려주기도 하는데, 몬스테라 알보는 이 열성인자를 물려주지 않는 거야. 부모 입장에서는 무늬 식물이 생존하기 어렵다는 걸 잘 알았던 거지. 심지어 몬스테라 알보에서 나온 씨를 뿌려도 무늬가 잘 나오지 않거든."

이 아름다운 돌연변이가 대대손손 유전되었다면 얼마나 좋았을까요? 그러면 우리는 저렴한 값에 이 식물을 즐길 수 있었을 텐데 말이죠.

하지만 몬스테라 알보가 씨앗으로 유전되지 않아 가치 있는 것인지도 모릅니다. 지천에 널린 것이 하얀색 무늬 식물이었다면, 오히려 광택 나는 녹색 잎의 몬스테라가 더 매력적으로 보였겠지요.

몬스테라 알보는 최초의 누군가가 남미의 밀림을

헤매다 발견한 단 하나의 돌연변이였을 것입니다. 그가 잎이 한 장 나올 때마다 줄기를 잘라 뿌리를 내렸을 것이고, 그렇게 번식해오던 것이 바다를 건너 지금 우리의 화분에 정착한 것입니다.

이런 희소성 탓에 몬스테라 알보를 갖고 싶어하는 사람이 늘면서 식물 값은 천정부지로 올랐습니다. 하지만 제아무리 줄기를 잘라 천천히 번식을 한다고 해도, 세대를 거듭하면 자손의 숫자는 불어나기 마련입니다. 몬스테라 알보는 결국 수요가 폭발한 만큼 공급도 폭발했습니다. 몬스테라 알보의 수요자가 고스란히 공급자로 옮겨간 탓입니다. 순식간에 식물 가격은 폭락했고 몬스테라 알보는 더 이상 식테크의 상징이 되지 못했습니다.

그럼에도 불구하고 이런 희귀식물의 광풍 덕분에 식물집사의 저변은 넓어졌습니다. 남미의 열대식물뿐 아니라 아프리카의 괴근식물, 호주의 토종식물 등 식물 취향의 스펙트럼은 더욱 세밀해졌으니까요. 마니아 중에는 원종 간의 교배를 시도하면서 개량종을 만들기도 했습니다. 또 하나의 희귀식물 시장이 형성된 것입니다. 조직배양(식물의 잎, 줄기, 뿌리 같은 조직 일부를 모체에서 분리해 무균배양을 통해 식물을 대량증식하는 기술) 시장도 활성화되었습니다. 알로카시아의 경우에는 다른 종보다 쉽게 조직배양이 가능해지면서 부담 없는 가격에 키울 수 있는 반려식물로 자리 잡았습니다.

한창 식물의 가격이 오르락내리락할 때 저 역시 식물 앞에서 조급해지고 닦달했던 기억이 있네요. '이 식물이 지금 비싸다는데 번식해서 팔아야 하나?' 하고 말이지요. 이제야 조금씩 식물의 가치를 온전히 인정하고 즐길 수 있는 여유가 생겼습니다. 오랫동안 키우는 식물은 더욱 애정이 생기니 들여다보는 시간도 조금씩 늘고 있습니다. 누군가 저에게 가장 아끼는 식물이 무엇인지 물은 적이 있습니다. 저는 이렇게 대답했지요.

"가장 오래 키운 식물이에요. 그 식물은 바로 스킨답서스죠."

흔하디 흔한 식물이지만, 천장을 가득 채워 식물방을 정글로 만들어준 스킨답서스만큼 저에게 특별한 식물은 또 없습니다.

너무 긴 이름,
몬스테라 알보

몬스테라 알보의 풀네임은 '몬스테라 델리시오사 버라이
어티 보르시기아나 알보 바리에가타(*Monstera deliciosa* var.
borsigiana 'Albo Variegata')'입니다. 왜 이렇게 이름이 길까요?
이름 맨 앞에 등장하는 '몬스테라 델리시오사(*Monstera
deliciosa*)'를 먼저 알아볼게요. 델리시오사(deliciosa)는 맛있
다(딜리셔스)는 뜻의 라틴어에서 왔습니다. 이 식물의 학명
이지요. 실제로 몬스테라 델리시오사의 열매는 굉장히 달
콤하다고 합니다.

다음으로 '버라이어티 보르시기아나(var. *borsigiana*)'는 이
식물이 변종이라는 것을 뜻합니다. 몬스테라 델리시오사
와 형태는 비슷하지만 크기가 작기 때문에 변종을 뜻하는

버라이어티(var.)와 변종의 이름인 보르시기아나(*borsigiana*)가 붙었습니다. 보르시기아나는 1860년대 독일의 재벌 알베르트 보르지히(Albert Borsig)의 이름에서 따왔습니다. 보르지히 가문은 19세기에 독일에서 최초로 증기기관차를 제조한 기업이었지요. 당시 이 가문은 '베를린의 왕'이라고 불릴 정도의 막강한 재력이 있었습니다. 보르지히는 이 식물을 자신의 별장인 빌라 보르지히(Villa Borsig)의 정원에서 키웠다고 합니다.

식물 이름 맨 뒤에 붙은 명칭 '알보 바리에가타('Albo Variegata')'를 알아볼게요. 알보(albo)는 라틴어로 '하얗다', 바리에가타(variegata)는 '얼룩덜룩하다'라는 뜻으로 '흰색 무늬'를 말합니다.

이제 식물의 뜻을 한줄로 요약해보겠습니다. 몬스테라 알보는 "하얀색 무늬가 있는 몬스테라 속 델리시오사 종의 변종인 보르시기아나"라는 식물입니다. 이름이 너무 길어서 식물집사들은 편하게 '몬스테라 알보'라고 부릅니다.

정글의 심마니

인터넷의 한 식물 동호인 카페가 술렁거렸습니다. 지금까지 본 적이 없는 열대식물을 키울 수 있다는 소식 때문이었습니다. 식물의 이름도 생소했습니다. 호말로메나, 라비시아, 소넬리아, 아르디시아…. 홍콩야자나 행복수에 비하면 이름부터 야생미가 철철 흘러넘쳤습니다.

사람들은 동요했습니다. 과연 이 식물들의 정체는 무엇인지, 그리고 어떻게 구할 수 있는지 말이지요. 누군가가 발빠르게 입수한 식물의 사진만 올려도 감탄과 환호의 댓글이 줄을 이었습니다. 이 식물은 '정글플랜트(Jungle plant)'라고 했습니다. 보르네오섬이나 수마트라섬 등에서 자생하는 식물이었습니다.

몬스테라 같은 식물도 열대지역에서 사는데 정글플랜트는 무엇이 다른 것일까요? 정글플랜트는 1년 열두 달 우기지역인 밀림 중에서도 80% 이상 높은 습도에서 자라는 소형식물을 말합니다. 몬스테라처럼 크게 자라는 식물이 아니지요.

높은 습도의 원산지 환경을 그대로 재현해줘야 한다는 것이 정글플랜트의 매력이었습니다. 잎에는 은빛이 감도는가 하면 핑크빛에 무지갯빛, 심지어 푸른 형광빛까지 뿜어댔습니다. 이런 푸른색을 가진 이유는 잎 표면의 이리도플래스트(iridoplast)라는 특수한 엽록체가 청색 파장을 강하게 반사하기 때문이라고 합니다. '이리도플래스트'라니! 어째 엽록체 이름도 멋집니다. 밀림과 같은 어두컴컴한 환경에서 광합성 효율을 최대로 끌어올리기 위한 방법이라는 것입니다.

이처럼 신비함으로 무장한 정글플랜트는 많은 이들에게 알려지지 않은 탓에 마니아들의 소유욕을 자극했습니다. 오직 보르네오섬의 깊숙한 정글을 탐험하여 채집해야만 키울 수 있기 때문입니다. 그러다보니 그날그날 상황에 따라 새로운 종이 발견되기도 했습니다.

'제발 분양받을 수 있게만 해주세요!'

일본에서는 이미 2000년대 초반부터 정글플랜트의 열풍이 불었습니다. 국내의 몇몇 동호인들은 발빠르게 움직였습니다. 누군가는 일본의 정글플랜트 판매상과 접촉하여 수집을 했고, 구매대행을 통해 조금씩 보급했습니다. 5천 원이면 화원에서 풍성한 식물 하나를 살 수 있었지만, 손바닥보다 작은 크기의 정글플랜트 화분 하나가 5만 원에서 십수만 원을 호가했습니다. 일본의 유명 셀러의 이름이라도 붙게 되면 같은 종이라고 해도 프리미엄이 붙었지요.

'그래도 좋아요. 구할 수만 있게 해주세요!'

정글플랜트가 국내에서 인기를 끌자 정보는 더욱 세밀해졌습니다. 급기야 대한민국의 정글플랜트 동호인들이 일본의 판매상에게 바가지를 쓰고 있다는 사실까지 알려졌습니다. 이에 분노한 동호인들은 직접 인도네시아나 말레이시아 현지 수입을 진행하기에 이릅니다. 결과는 성공이었습니다. 일본 수입 개체의 절반도 되지 않는 가격으로 다양한 정글플랜트를 분양받을 수 있었으니까요.

국내 동호인이 접촉한 현지인은 플랜트 헌터(plant hunter)였습니다. 플랜트 헌터란 자연에서 특정 식물을 찾거나 새로운 종을 발견하기 위해 세계 곳곳을 여행하며 연구하는 식물수집가를 말합니다.

플랜트 헌터의 역사는 무려 17세기까지 거슬러올라갑니다. 그 무렵 영국이나 프랑스, 스페인과 같이 제국주의를 이끈 나라들은 동남아나 남미 등 식민지의 문화재를 약탈했는데, 식물도 예외는 아니었습니다. 당시 왕실과 귀족들이 다양한 작물과 식량자원을 채집하기 위해 플랜트 헌터를 고용한 것이 시작이었지요. 플랜트 헌터들의 직업은 대부분 식물학자이거나 탐험가였습니다.

18세기에 플랜트 헌터들이 가져온 열대식물은 일종의 전리품이자 귀족들의 부와 권력을 과시하는 수단이기도 했습니다.

특히 겨울에 유럽에서 열대식물을 키우기 위해서는 온실 난방해야 했기 때문에, 증기기관 같은 최첨단 설비를 갖춰야 가능했습니다. 막대한 부를 가지고 있지 않고서는 살아 있는 열대식물을 키우기란 애초에 불가능했던 것입니다.

당시 채집한 식물과 표본, 씨앗 등은 유럽의 식물원이나 식물 과학자들이 연구를 하는 데 쓰이기도 했습니다. 그중 영국의 왕립식물원 큐가든(Kew Gardens)은 무려 4만여 종, 700만 점의 식물을 수집해 키우고 있습니다. 플랜트 헌터들의 공이 컸습니다. 그래서일까요? 큐가든의 웹사이트에는 플랜트 헌터라는 직업에 대해 나름 시적으로 정의해놓았습니다.

플랜트 헌터는 아주 특별한 사람들이에요. 모험심으로 무장한 열정과 풍부한 지식을 겸비한 식물학자이지요. 그들은 특이하고 아름다운 식물을 찾기 위해서라면 어떠한 위험도 무릅쓸 수 있는 사람들입니다.'

지금 세계 각지에서 활동하는 플랜트 헌터들은 200년 전보다 훨씬 더 상업적인 활동을 합니다. 당시의 플랜트 헌터들은 대부분 왕실이 고용한 사람들이었지만, 지금의 플랜트 헌터는 식물 탐험가나 식물수집가이면서 새로운 종을 시장에 소개하고 판매하는 유통인이기도 합니다.

이들은 종종 야생의 식물을 채집하여 돈벌이 수단으로 삼는다는 비판을 받기도 합니다. 하지만 그들이 종을 보존하는 역할을 하는 측면도 부인할 수 없습니다. 영국의 생태학자 소피 레길(Sophie Leguil)은 오늘날 플랜트 헌터의 활동에 대해 이렇게 말합니다.

"비록 오늘날 플랜트 헌터들이 상업적인 목적을 가지고 활동하지만, 잘 알려지지 않은 종을 보급하는 것은 장기적으로 종을 보존하는 데 도움이 됩니다. 게다가 상업적인 플랜트 헌터들은 지역기관과 손잡고 채집식물의 표본과 정보를 공유하면서 전 세계적으로 식물 지식을 축적하고 있지요."[**]

영국의 플랜트 헌터 톰 하트 다이크(Tom Hart Dyke)가 대표적입니다. 그는 특별한 이력을 갖고 있지요. 2000년 콜롬비아의 정글로 희귀 난초를 채집하러 갔다가 콜롬비아 게릴라군에게 납치되고 맙니다. 그는 무려 9개월간이나 연락이 두절되었지요. 사람들은 그가 죽었을 거라고 생각했습니다. 알고보니 그는 게릴라군에게 감금되었고, 9개월만에 극적으로 풀려나게 됩니다. 이 사건 후, 그는 영국 켄트에 '세계의 정원(The World Garden)'이라는 식물원을 세웁니다. 그 식물원에서 톰 하트 다이크는 지금까지 수집한 6,000여 종의 식물을 키우며 종 보존에 힘쓰고 있지요.

정글플랜트의 유행은 일본의 플랜트 헌터들이 20여년 전부터 보르네오섬으로 직접 날아가 채집해온 것이 시작이었습니다. 그들은 그 과정에서 다양한 미기재종을 발견하기도 했습니다. 이렇게 야생에서 채집해오는 것이 과연 바람직한가 싶다가도 보르네오섬이 난개발로 밀림이 파헤쳐지고 있다는 뉴스를 접하게 되면, 그들이 종을 보존하는 데 역할을 할 수도 있겠다는 생각이 듭니다.

그러고보면 우리 식물집사도 식물을 오래오래 잘 키운다면 그것만으로도 종을 보존하는 데 일조를 하는 건 아닐까요. 그러기 위해서라도 식물의 식생을 잘 파악해서 오랫동안 키우려는 노력이 필요할 겁니다.

* *Adventure and discovery around the world with the plant hunters, https://www.kew.org*

** *Plant Hunting in the 21st century, https://naturanaute.com*

햇빛 없이 광합성

저에게는 4년을 넘게 일하고 간 LED 투광기가 하나 있습니다. 투광기는 실외 간판을 밝히거나 공장의 작업등으로 많이 쓰는 조명이지요. 눈에 빛이 한번 들어오면 한동안 눈이 얼얼합니다. 시쳇말로 '눈뽕'이라고 합니다. 그만큼 밝습니다.

한참 수초 키우기에 열을 올릴 때였습니다. 저는 핀터레스트에서 본 어항 사진 한 장이 눈에서 아른거려 밤잠을 설쳐댔습니다. 어항 속에는 드넓은 초원 풍경이 펼쳐져 있었기 때문입니다.

'몽골 대평원은 못 가도 어항 속 초원 정도는 펼쳐봐야 하는 것 아닌가!'

수초 중에서도 어항 바닥을 낮게 포복하며 사방으로 뻗어 자라는 쿠바펄(*Hemianthus callitrichoides* 'cuba')이 초원을 표현하기에는 딱이었습니다. 문제는 쿠바펄은 키가 낮은 수초라 어항 바닥까지 빛이 도달하려면 강한 광량이 필요하다는 것입니다. 강한 광량을 가진 조명이라면 이미 가로등으로 쓰이는 메탈할라이드등(metalhalide lamp)이 정평이 나 있었지요. 하지만 이 등을 사용하려면 엄청난 전기세를 감당해야 했습니다. 왠만큼 수초에 진심이 아니고서야 메탈할라이드

등을 어항 위에 달 수는 없는 노릇이었습니다.

몇 년 전부터는 조명도 효율 좋은 LED로 빠르게 바뀌어갔습니다. 그중에서 광량이 센 LED 투광기가 수초 키우기에 좋다는 소문이 돌았습니다. 무엇보다 유지비가 저렴하다는 것이 장점이었지요. 저는 곧바로 어항 위에 투광기를 주렁주렁 매달고 신나게 쿠바펄을 심기 시작했습니다. 과연 듣던 대로 투광기는 강력한 빛을 뿜어댔습니다. 그 덕에 몇 달 후 어항에는 꿈에 그리던 푸른 초원의 풍경이 펼쳐졌습니다.

하지만 푸른 초원의 꿈을 실현하고 나니 또 문제가 생겼습니다. 물속의 푸른 초원을 오랫동안 관상하기 위해서는 어항 물을 수시로 갈아주어야 했습니다. 물갈이를 소홀히 하자 곧바로 어항은 이끼로 뒤덮였지요. 수초는 고사하고 물고기도 보이지 않았습니다. 이른바 '이끼폭탄'이었습니다.

'산 넘어 산이네. 푸른 초원을 관리하려면 매일 물지게 지고 다녀야 할 판이군.'

물갈이의 고단함에 지쳐갈 무렵, 저는 물밖에서 자라는 열대식물로 관심이 옮겨갔습니다. 열대식물은 물갈이를 하지 않아도 언제나 싱싱함을 유지하는 것처럼 보였습니다. 하지만 아침나절 겨우 빛이 들어오는 북향이라서 열대식물을 키우기에 저의 공간은 그닥 좋은 환경이 아니었습니다.

그러던 어느 날, 투광기가 눈에 들어왔습니다.

'수초도 잘 자랐으니 관엽식물도 잘 자라겠지?'

저는 의심 없이 투광기를 식물에게 달아주었습니다. 아니나 다를까. 식물들도 의심 없이 광합성을 하기 시작했습니다.

'오! 물밖의 식물들도 투광기로 자라는구나. 어쨌든 자라잖아.'

몇 년 후, 한 식물등 개발자를 만날 기회가 생겼습니다. 그 사이 식물전용 LED등이 보급되면서 식물집사들도 예전보다 좋은 환경에서 식물을 키우고 있었죠. 저는 이때다 싶어 그동안 식물등에 대해 궁금했던 것을 그에게 쏟아냈습니다. 사실 투광기로 식물을 키우긴 했지만 어딘가 찝찝한 구석이 있었거든요.

'저는 투광기로 식물을 키우는데 이렇게 키워도 되는 건가요?' '식물등은 왜 이렇게 비싼가요?' '무슨 원리로 인공조명으로 식물을 키울 수 있지요?'

당황한 그는 이메일로 마저 질문을 보내달라고 했습니다. 개발자는 저의 질문 세례를 온몸으로 받아냈습니다. 그러고는 수많은 예를 들어 회신을 보내왔습니다. 그에게 회신이 오면 저는 또 궁금한 것이 생겼습니다. 그렇게 두 달간 십여 차례 이메일을 주고 받았지요. 제가 이해할 때까지 질문을 보내면, 그는 제가 이해될 때까지 답을 해주었습니다.

식물등 개발자와 이메일을 주고받으면서 얻은 가장 큰 수확이라면 바로 이것입니다.

'투광기로도 식물은 자랄 수 있다!'

투광기에도 식물이 광합성을 하는 데 필요한 파장이 어느 정도 있기 때문이라는 것입니다. 그 일로 저는 식물에게 최소한의 미안함은 덜어낼 수 있었습니다.

저의 투광기는 그렇게 4년간 15,000시간 동안 식물의 광합성을 돕고 수명을 다했습니다. 투광기가 수명을 다한 자리에는 이제 식물등이 자리하고 있고요.

지금의 식물등은 햇빛의 파장을 가장 잘 모방한 기술로 만들어졌다지만, 저는 여전히 인공조명으로 잎을 펴내는 식물을 보고 있으면 신기하기만 합니다. 어쩌면 식물에게 완벽한 조건이란 없는 것인지도 모르지요. 식물이 새로운 환경에 맞게 잘 적응해나가는 것을 보면 말입니다. 아마 그것이 식물이 인류보다 먼저 지구상에 생존해온 이유일 것입니다. 식물은 움직이지 못하는 대신 그 자리에서 적응하는 법을 터득해야 했을 테니까요. 태양이 사라져 인류가 멸종하더라도 식물은 아랑곳없이 진화하며 살아갈 것만 같습니다.

좋은 식물등이란

식물등은 식물집사에게 필수품이나 다름없습니다. 몇 년 전만 해도 식물등을 고르는 선택지가 많지 않았지만, 최근 다양한 브랜드와 제조사에서 좋은 품질의 식물등을 판매하고 있습니다. 어떤 식물등이 좋은 식물등일까요? 결론부터 말하면 내가 키우는 식물과 궁합이 맞는 식물등이 좋은 식물등입니다.

식물등은 특정 제품이 좋다고 소문이 나도 나의 환경과 맞지 않을 수 있습니다. 제조사마다 파장비율이 다르기 때문이지요. 파장비율이란, 광원의 파장을 분배하는 비율을 말합니다. 파장비율이 잘 맞춰진 식물등은 식물의 발근력이나 면역력 등에도 영향을 줍니다.

식물등의 파장비율 정보를 확인한 뒤 구입하면 좋겠지만, 안타깝게도 파장비율은 대부분 제조사의 '영업비밀'과 같아서 공개하지 않습니다. 따라서 입소문으로 검증된 제품들을 직접 써보면서 내 식물에 맞는 파장 비율을 가진 식물등의 궁합을 찾는 것이 중요합니다.

꽃보기 식물에게 잘 맞는 식물등이 잎보기 식물(관엽식물)에게는 맞지 않을 수 있고, 다육식물에게 잘 맞는 식물등이라도 고사리와 같은 양치식물에게는 맞지 않을 수 있기 때문입니다.

묵은둥이

저는 식물 덕후이고 큰누이는 차(茶) 덕후입니다. 그 덕에 저도 보이차를 띄엄띄엄 마셔왔습니다. 어느 날, 한참을 잊고 있다가 추운 겨울이 되니 다시 보이차 생각이 났습니다.

저는 누이에게 오랜만에 연락을 해서는 염치 없이 보이차 좀 보내달라고 부탁을 했습니다. 누이는 그러마 하고는 고급스러운 자사호에 30년 묵은 보이차까지 바리바리 싸서 보내왔습니다. 보내온 보이차를 마셔보니 역시 저 같은 '막입'에게도 제법 풍미가 느껴졌습니다.

보이차와 식물은 공통점이 있습니다. 이른바 묵은 둥이가 가치 있다는 것이지요. 식물은 오래될수록 기품이 있고, 보이차는 오래 묵을수록 풍미가 깊습니다.

보이차를 우리는 다구를 자사호(紫沙壺)라고 합니다. 누이가 보내온 자사호는 '서시호(西施壺)'로 불린다고 했습니다. 자사호의 모양이 중국 고대의 4대 미녀 중 한 명인 서시(西施)의 가슴을 닮았다고 하여 지어진 이름이랍니다. 누이는 손편지에 "이 자사호를 아이 다루듯 잘 닦고 길들이라"고 당부했습니다.

'아, 주전자도 아이 다루듯이 해야 하는구나.'

식물 덕후만 집사인줄 알았는데, 차 덕후도 집사 노릇을 해야 하는 것입니다. 그러고보니 덕후의 공통점이 하나 더 있군요. 분야를 막론하고 집사 노릇을 할 때야 비로소 덕후로 인증을 받는다는 것입니다.

카메라 덕후는 카메라 봇짐을 산소통처럼 여겨야 하고, 자동차 덕후는 쉼없이 차를 닦고 조이고 기름쳐야 하며, 물생활 덕후는 꿈속에서도 환수를 해야 하는 것이지요. 덕질이란 나의 즐거움을 위한 일이지만 즐거움을 만끽하기 위해서는 괴로움도 마다하지 말아야 한다는 것을요.

식물의 언어

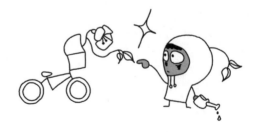

어느 날, 테라리움 안을 들여다보니 푸밀라의 녹색 잎이 붉게 물들어 있습니다. 푸밀라(왕모람, *Ficus pumila*)는 엄지손톱만 한 잎을 가진 덩굴식물입니다. 푸밀라의 잎이 붉어진 이유는 아마 얼마전 새로 구입한 식물등을 달아주었기 때문일 것입니다.

푸밀라는 작은 변화를 감지하고는 저에게 신호를 보내고 있던 것입니다. 아무래도 식물등을 햇빛으로 착각하고는 붉은색 파장에 반응을 한 것 같습니다. 푸밀라는 말이 없는 대신, 빛과 물과 흙을 양분 삼아 자신의 상태를 잎의 색깔로 발화하고 있었습니다.

"집사야, 나 지금 처음 보는 빛에 해바라기 중인데 잎이 그냥 활활 타오르고 있지 뭐야. 멋지지 않어?"

그날은 다행히 식물의 말을 놓치지 않고 푸밀라의 사진을 한 장 찍었습니다.

"오, 멋진데?"

식물은 돌려서 말하는 법이 없습니다. 그래서 식물집사는 식물이 말하는 대로 들을 준비만 하면 됩니다. 푸밀라의 새 잎에 갑자기 붉은색이 돌 때, 식물에게 무슨 변화가 있었는지 들여다보는 일 정도면 충분하지요.

하지만 이날은 운 좋게 푸밀라의 말을 알아들었을 뿐입니다. 베고니아가 꽃을 피웠을 때도 모르고 지나칠 때가 더 많습니다. 그럴 때 저는 생각합니다.

　'지금 내가 현재를 살고 있지 않구나.'

　식물의 언어에 귀 기울이는 일이란 결국 현재에 집중하는 일과 다르지 않다는 걸 푸밀라가 깨우쳐주고 있습니다.

물이끼

물이끼(sphagnum moss, 스패그넘 모스, 생수태)는 쓰임이 많은 식물입니다. 습지와 같이 물이 많고 습한 환경에서 자라는 식물이지요. 가드닝용으로 많이 알려진 수태는 대부분 물이끼를 말린 건수태입니다. 건수태는 통기성(바람이 잘 통하는 성질)이 우수하고 보수성(물을 보관하는 능력)이 좋아 식물집사에게 사랑받고 있습니다. 건수태는 무려 자기 몸의 20배까지 수분을 저장한다고 합니다.

박쥐란이나 풍란과 같은 착생식물을 키울 때도 건수태를 많이 사용합니다. 건수태를 박쥐란이나 풍란의 뿌리에 감싸서 키우면 자생지의 환경을 구현해줄 수 있지요. 몬스테라나 필로덴드론처럼 나무에 붙어 타고 오르는 덩굴식물도 수태봉(수태로 만든 지지대)에 지지해서 키우면 건강하게 키울 수 있습니다.

물이끼는 산성의 성질을 띠고 있습니다. 산성 물질은 항균 작용을 합니다. 일찌감치 아메리카의 원주민들은 건수태를 이용해서 여성위생용품이나 아기 기저귀로도 썼습니다. 2차 세계대전 때는 영국 적십자사가 염증을 치료하는 데 건수태를 썼다고 하지요.

식물의 상처난 부위에 물이끼를 붙여주면 세균 번식을 막아 줄기가 썩는 것을 방지할 수 있습니다. 특히 식물의 줄기번식(삽목)을 할 때 자른 면에 물이끼를 붙이면 친환경적으로 항균을 할 수 있습니다. 사용한 물이끼는 재사용도 가능하니 일석이조입니다.

2부

.

시들지 않는 꽃

시
들
지

않
는

꽃

부모님이 계시는 본가 마당에는 오래된 능소화나무 한 그루가 서 있습니다. 능소화는 벽을 타고 오르며 여름부터 가을까지 나팔 모양의 분홍색 꽃을 피워내는 덩굴식물입니다. 족히 30년은 넘게 키운 나무이기에 제법 세월이 느껴집니다.

　　능소화는 꽃이 피기 시작하는 여름이면 바닥에 잎들을 떨구지만, 떨군 만큼의 꽃을 피워냅니다. 그 덕에 마당에서는 여름과 가을 내내 실컷 능소화 구경을 할 수 있습니다.

　　어느 날, 능소화나무 아래가 수상했습니다. 떨어진 꽃잎 무더기 대신 낯선 물건이 놓여 있었기 때문이지요. 빨간색 외발자전거였습니다.

　　'동춘서커스단이라도 왔나?'

　　보통 외발자전거는 묘기용으로나 볼 수 있는데, 마당에 버젓이 그것도 능소화나무 아래에 놓여 있으니 궁금하지 않을 수 없었습니다. 심지어 새 자전거입니다. 집 안으로 들어서자마자 부엌에 계신 어머니에게 마당에 웬 외발자전거가 있냐고 물었지요.

　　"아니, 세상에~ 너희 아버지가 외발자전거를 타시

겠다고 사셨단다."

"아버지가요?"

"나이 칠십이 넘은 양반이 왜 저러신다니? 저러다 다치기라도 하면 자식들 고생시키려고…."

그때 뒤에서 인기척이 들렸습니다. 아버지였습니다.

"텔레비전에서 어느 노인네가 외발자전거 타는 거 보니까 나도 하면 될 것 같은 거여."

제가 물었습니다.

"그래서 아버지가 사신 거예요?"

"저것도 읍내 자전거포에 없어서 주문해서 어렵게 구한 거여."

어머니는 한걱정이셨지만 저는 한편으로 웃음이 나왔습니다. 아버지의 순수한 면을 보았기 때문입니다. 그런데 불행인지 다행인지, 아버지는 외발자전거를 타기 위해 안장에 앉으려는 순간, 현실을 바로 깨달으셨다고 합니다. 엉덩이를 안장에 붙일 수조차 없던 것이지요. 젊은 사람도 쉽지 않았을 텐데 운동신경도 없는 아버지가 외발자전거를 탄다는 건 불가능에 가까웠습니다. 오히려 신이 난 건 저희 아이들이었습니다. 시골에 내려올 때마다 외발자전거 타기를 연습

한다며 잔뜩 기대에 부풀었으니까요.

아버지가 산 빨간색 외발자전거는 그렇게 떨어지는 능소화 꽃잎이 수북이 쌓이도록 제대로 굴러보지도 못하고 나무 아래에서 녹슬어갔습니다.

그 일이 있은 후 몇 달이 지났을까요. 어머니에게서 전화 한 통이 걸려왔습니다.

"너희 아버지가 며칠째 밥도 제대로 못 드시고 기운도 없으시단다."

아버지가 외발자전거를 타보겠다고 하던 게 불과 몇 개월 전인데 갑자기 수저도 못 드신다니 덜컥 겁이 났습니다. 본가에 가보니 수척하게 야윈 아버지가 능소화 그늘 아래 의자를 놓고 앉아 계셨습니다.

"밥맛도 쓰고 걷기도 힘들어. 읍내 병원에서는 큰 병원에 가보라는 거여."

그날로 한달음에 아버지를 서울에 있는 큰 병원으로 모시고 가 검사를 받았습니다. 검사 결과 당뇨와 고혈압의 합병증세인 '콩팥병'이었습니다. 다행히 아버지는 두 번에 걸쳐 독한 항생제 처방을 받고 서서히 회복을 할 수 있었지요.

그후 능소화가 세 번의 계절을 더 보내는 동안, 아버지는 이런저런 증상으로 병원을 다니는 횟수가 늘어만 갔습니다. 올초에는 난청까지 오면서 양쪽 귀에 보청기를 끼워야 하는 상황이 되었고요. 철 없이 외발자전거를 샀다며 나무라던 어머니도 "이렇게 늙는 건가보다" 하시며 더 이상 아버지에게 잔소리를 하지 않습니다.

능소화는 7월부터 꽃을 피우는 늦둥이 식물입니다. 대부분의 나무들이 봄에 폭죽 터뜨리듯 꽃을 피우고 지지만, 능소화는 봄꽃들이 진 다음에야 느긋하게 꽃을 피우기 시작합니다. 능소화의 꽃 축제는 푹푹 찌는 8월 한여름을 뚫고 가을까지 이어집니다.

능소화가 여름과 가을 두 계절에 걸쳐 꽃을 피울 수 있는 데는 이유가 있습니다. 꽃이 지기가 무섭게 또 새 꽃을 피워내기 때문입니다. 심지어 꽃이 시들기도 전에 미련 없이 뚝뚝 꽃을 떨어뜨립니다.

올여름에도 어김없이 능소화나무 아래에 세워진 아버지의 빨간색 외발자전거 위로는 능소화 잎이 떨어질 것입니다. 만약 꽃의 언어가 있다면 능소화는 이렇게 말할 것이 분명합니다.

　"꽃은 피었다 지는 게 아니라, 지면 피고 지면 피는 거여. 그렇게 계속 꽃은 피는 거여."

부겐베리아의 계절

"또 이 집이네?"

처음 식물을 키웠을 때 인터넷에서 검색만 하면, 돌고 돌아 결국 다시 들어오게 되는 블로그가 있었습니다. 몬스테라면 몬스테라, 번식이면 번식, 비료면 비료… 한참 블로그 포스팅을 읽다보면 여지 없이 이 블로그였지요. 그도 그럴 것이 이 블로그의 주인장은 하루도 빠짐없이 식물 관련 포스팅을 올렸습니다. 그것도 무려 10년이 넘는 기간 동안 말이지요. 블로그의 이름은 '글로스터의 가드닝 이야기'입니다. 이미 식물 집사들 사이에서 인플루언서로 통했습니다.

그의 집 거실 양쪽 벽면에는 식물들이 들어찬 선반이 늘어서 있습니다. 그는 매일 키우는 식물의 근황을 사진으로 올리는가 하면, 주말에는 가까운 화원에 방문한 후기 역시 빼놓지 않고 포스팅했습니다. 블로그는 마치 식물잡학사전의 느낌이었습니다.

저는 그와 함께 예쁜 식물책 한 권을 만들고 싶었습니다. 이 정도 덕후라면 충분히 그간의 식물 노하우를 아낌없이 나눠줄 것 같았습니다.

식물책은 사진보다 세밀화가 더 정확한 정보를 줄

거라고 생각했습니다. 예를 들어, 안스리움의 경우에는 번식을 할 때 하나의 꽃에서 암꽃과 수꽃이 시간차를 두고 핍니다. 그에 꼭 맞는 사진을 찍기도 어렵거니와 찍는다고 해도 고품질의 사진을 얻는다는 보장도 없습니다.

물론 그림이라고 양질의 품질을 보장할 수 없습니다. 하지만 내가 만약 삽화를 그리게 된다면, 그리고 식물의 특징을 잘 파악하고만 있다면, 식물 덕후의 '덕력(덕후의 힘)'이 그림 실력을 조금이라도 보완해주지 않을까 생각했습니다. 용기를 내어 그에게 제 그림을 보여주었습니다. 다행히 그도 마음에 들어했지요. 그렇게 둘은 식물책을 내기로 의기투합했습니다.

글로스터님은 직장 일을 병행하며 식물을 키우는 것만으로도 손이 모자라 보였지만, 꼬박꼬박 저에게 일정에 맞춰 원고를 보내왔습니다. 저 역시 원고를 받으면 보충할 내용을 회신하거나 구성에 대한 의견을 주고받으며 다듬어갔고요.

식물을 키우는 사람이 부지런하지 않을 수 없겠지만, 그는 정말 행동력이 빠릅니다. 한 가지 제안을 하면 바로 결과물을 만들어서 보내옵니다. 그러면 저도 긴장하게 됩니다. 결과물에 빠르게 피드백을 주게 되지요. 그러다보면 서로 핑퐁치듯 긴 랠리를 펼치며 탄력이 붙습니다. 그런 시너지로 책을 만들어나갔습니다.

한창 책 만드는 작업에 속도가 붙을 무렵이었습니다. 고지가 눈앞에 보이고 있었지요. 식물책은 봄에 출간이 된다면 시기도 좋았기에 더욱 속도를 냈습니다. 그러던 어느 날 그에게서 연락이 왔습니다. 평소 지병을 앓고 계시던 어머님께서 위중하다는 소식이었습니다. 잠시 책 작업은 내려놓아야 했습니다. 어머니의 건강이 중요한 건 당연한 일이었으니까요.

팬데믹이 끝날 기미를 보이지 않던 4월의 어느 봄이었습니다. 휴가를 내고 간병을 하러 간다던 그에게서 뜻밖의 소식을 전해받았습니다. 어머님의 부음이었습니다. 밖은 한참 벚꽃이 만개하고 있었습니다.

그후 1년이 지났습니다. 그의 블로그에는 며칠 전 아버님이 계신 본가에 다녀왔다는 소식이 올라왔습니다. 이제는 돌아가신 어머님 대신 아버님이 베란다 정원을 가꾸고 계신다고 했습니다. 베란다에는 생전 어머님이 좋아하셨던 부겐베리아도 활짝 피어 있었습니다. 베란다 곳곳에 피어 있는 제라늄과 카랑코에, 사랑초가 그렇게 건강해 보일 수 없더군요. 아버님이 얼마나 정성을 들여 가꾸고 계신지 사진으로만 봐도 충분히 알 수 있었습니다.

글로스터님은 포스팅 말미에 "어머니의 흔적들을 보면 마음이 아프다가도 그래도 추억할 수 있어 감사하다"는 말을 남겼습니다. 모르긴 해도 아버님은 가족들에게 아픈 마음보다 좋은 추억을 간직하라는 의미로 아내의 베란다 정원을 가꾸었을 것입니다.

그의 어머님이 부겐베리아를 좋아하셨다는 걸 좀 더 일찍 알았더라면, 책머리에 들어간 그의 헌사에 부겐베리아 꽃을 그려넣었을 텐데 하는 아쉬움이 들었습니다. 며칠 전 그에게 연락을 했습니다.

"글로스터님, 책이 곧 3쇄에 들어간답니다. 3쇄 파티 하셔야지요?"

3쇄의 헌사에는, 늦었지만 그의 어머님이 좋아하셨다는 부겐베리아를 그려넣어 선물로 드리려고 합니다. 좋은 추억으로 간직하길 바라는 마음으로요.

평생 꽃을 사랑하시고,

소천 직전까지도 저를 위해 쉬지 않고 기도해주셨던

사랑하는 나의 어머니에게 이 책을 바칩니다.

_글로스터, 《글로스터의 홈가드닝 이야기》 헌사 중에서

식물집사의 덕목

어느 날, 식물분류학 박사 김진옥 선생님을 만나 평소 궁금했던 것을 물었습니다.

"선생님, 식물을 전공하시니까 식물도 물론 잘 키우시겠지요?"

그녀는 부끄러운 듯 대답했습니다.

"아니요. 제가 식물 전공자라고 하면 사람들이 꼭 물어봐요. '이 식물은 물을 얼마에 한 번씩 주나요?' '이 식물은 어떻게 키우나요?' 하고요. 하지만 저는 식물은 잘 못 키운답니다. 물론 식물분류학자 중에서도 식물을 잘 키우는 분들도 있겠죠."

그녀는 말을 이었습니다.

"저는 멸종위기 식물을 찾아 조사하는 일을 하고 있어요.

그래서인지 실내 식물보다는 자생지 식물에 더 관심이 많아요. 전국 산지를 돌아다니며 지구에서 사라져가는 멸종위기 식물을 발견하게 되면 말로 설명하기 어려운 희열을 느끼거든요. 꼭 보물찾기를 하는 기분이에요!"

그녀의 말과 말 사이에 열정이 배어 있었습니다.

"저는 직업적으로 멸종위기 식물을 찾아다니면서 조사를 하지만, 취미로 멸종위기 식물을 찾아다니는 분들도 있어요. 하지만 그분들은 절대 서식지를 훼손하지 않아요. 식물 사진만 찍고 돌아오지요. 심지어 취미인 커뮤니티 내에서 그 서식지가 공유되더라도 절대 훼손하지 않는답니다. 그건 일종의 불문율이에요."

이 말은 매우 인상적이었습니다. 내가 들인 식물을 잘 키우는 일도 식물집사의 덕목이겠지만, 자생지 식물을 만났을 때 그 자체를 즐기고 훼손하지 않는 것 역시 그에 못지않게 중요한 식물집사의 덕목이라는 걸 깨달았기 때문입니다. 멸종위기 식물이라면 더욱 그래야겠지요!

100년만의

꽃구경

경기도 여주의 여강길 코스 중 하나인 '동학의길'을 걸었습니다. 키 큰 잣나무 군락 사이로 5킬로미터가 넘는 숲길이 펼쳐진 보물 같은 곳입니다. 동학의길은 잣나무 잎이 쌓여 발밑이 폭신할 정도로 사람의 발길도 뜸했지요.

길을 걷다가 우연히 한 분을 만났습니다. 그분은 오래전부터 숲해설가로 활동했다고 합니다. 실내에서만 식물을 키운 저로서는 숲 곳곳에서 자라는 식물과 나무 이름에는 까막눈입니다. 하지만 그분의 눈에는 어느 것 하나 이름 없는 식물이 없었습니다.

숲길을 벗어나 산 아래로 내려오니 조릿대가 한 무더기씩 자라고 있습니다. 대나무 속 식물 중의 하나인 조릿대는 1~2미터 정도 키에 가느다란 줄기를 가진 소형 대나무입니다. '숲해설가'는 조릿대를 보더니 물 만난 고기처럼 이야기 보따리를 풀어놓습니다.

"조릿대가 있다는 건 사람이 사는 마을이 있다는 뜻이에요. 주로 사람들이 많이 심거든요. 곧 마을이 나올 겁니다. 예전에는 조릿대의 잎을 떼어낸 줄기로는 쌀에 섞인 돌을 걸러내는 조리를 만들어 썼어요.

조리로 쌀을 뜨듯이 복(福)도 뜨라는 의미로 '복조리'를 만들어서 벽에 걸기도 했고요."

그의 말대로 조금 더 길을 내려가니 인가가 보였습니다. 조릿대는 그늘에서도 잘 자라고 그 쓰임도 많은 식물이었기 때문에 마을에 무리 지어 심어져 있었습니다. 그는 말을 이어갑니다.

"조릿대는 번식도 잘돼서 한 뿌리만 심어도 금방 퍼집니다. 여기에 한 무더기 있고, 저 건너편에 한 무더기가 있지요? 따로따로 심은 것 같지만 뿌리 하나로 연결되어 있는 경우가 많아요. 그러니 각각 다른 개체가 아니라 사실은 다 한 개체라고도 볼 수 있지요."

저는 의아한 듯 물었습니다.

"뿌리로 모두 연결되어 있다고요?"

"대나무는 뿌리로 번식을 하는 식물이에요. 땅 밑으로 기어서 새 줄기를 올리지요. 그러니 아주 멀리 떨어져 있어도 땅 밑으로 뿌리가 기어서 길 건너편에 한 무더기 자라게 되는 겁니다."

2차세계대전 당시 히로시마에 원자폭탄이 떨어졌을 때 유일하게 살아남은 식물이 대나무라고 하더니,

뿌리로 이어진 생명의 놀라운 힘이었습니다. 숲해설가는 말을 이어갔습니다.

"대나무의 어린 줄기는 잎으로 광합성을 하지 않고 성장해요. 죽순이 나오는 걸 가만히 들여다보면 엄청난 속도로 성장하는 걸 볼 수 있지요."

전직 숲해설가답게 사람의 관심을 끌어들이는 화술이 뛰어납니다. 대나무 중 가장 굵은 죽순대라는 종은 하루에 무려 1미터씩 자란다고 듣긴 했지만, 잎 없이도 그렇게 큰다니 궁금하지 않을 수 없습니다. 재차 그에게 물었습니다.

"잎도 없는데 영양분은 어디서 흡수를 하지요?"

"땅 밑으로 연결되어 있는 어미 대나무가 뿌리를 통해 어린 죽순에게 영양분을 공급하는 것이지요. 어미 대나무는 이미 잎을 내고 광합성을 하고 있으니 잎으로 받은 영양분을 뿌리로 이동시켜 얼마든지 나눠 줄 수 있는 겁니다."

뱃속 아기와 엄마가 탯줄로 연결되어 있는 모습이 떠올랐습니다. 어미 대나무가 여러 자식들을 키우고 있다니 대단한 생존 전략이 아닐 수 없습니다.

"그래서 대나무는 꽃을 피울 일이 없는 겁니다. 식

물은 꽃을 피워 씨앗으로 대를 잇지만, 대나무는 뿌리로 뻗어 얼마든지 대를 이을 수 있으니까요."

저도 대나무 꽃에 대해서는 들은 이야기가 있어 아는 체를 했습니다.

"아, 대나무가 100년에 한 번 꽃을 피우면 죽는다는 이야기를 들은 적이 있어요. 아예 꽃을 피우지 않는 건 아니겠지요?"

"맞습니다. 대나무와 같이 꽃으로 번식을 하지 않는 식물이 꽃을 피운다는 것은 생명을 다해서 더 이상 뿌리로 번식을 할 수 없다는 이야기와 같아요. 그러니 대나무로서는 뿌리 번식이 불가능하기 때문에 생존을 위한 마지막 몸부림으로 꽃을 피우고 죽는 겁니다. 대나무는 죽을 때도 대나무숲이 한꺼번에 고사합니다. 뿌리 하나로 모두 연결되어 있으니까요."

아니 이분, 숲해설가 현역 시절에 사람 좀 몰고 다녔을 것 같습니다. 휘적휘적 앞서 걸어가는 그를 따라잡지 않을 수가 없습니다. 그런데 왜 꽃이 피는 주기가 100년일까요? 보통 나무들은 1년에 한 번씩 꽃을 피워도 죽지 않잖아요? 그가 답했습니다.

"대나무는 이름에 '나무'가 붙어 있어서 나무인줄

알지만 사실 벼과 식물이에요. 벼의 줄기 속이 비어 있지요? 대나무의 줄기 속도 비어 있어요. 벼과 식물의 특징이지요. 그리고 벼가 싹이 나서 열매, 즉 쌀을 맺으면 죽지요? 같은 벼과 식물인 대나무도 꽃을 피우고 열매를 맺으면 죽습니다."

빨려든다 빨려들어.

"그런데 왜 1년이 아니고 100년을 살지요?"

"대나무가 꼭 100년을 사는 건 아니에요. 60년을 사는 종도 있고, 30년을 사는 종도 있어요. 1년만 살고 죽는 종도 있습니다. 단지 환경에 적응하기 위해 진화하면서 돌연변이가 나온 거예요. 최대 120년까지 사는 대나무도 있답니다."

제가 대나무의 식생에 대해 알게 된 계기가 있습니다. 서정춘 시인은 <죽편>이라는 짧은 시에서 대나무의 삶을 기가 막히게 표현했습니다.

여기서부터, ─멀다

칸칸마다 밤이 깊은

푸른 기차를 타고

대꽃이 피는 마을까지

백년이 걸린다

　서정춘 시인은 대나무를 '칸칸마다 밤이 깊은 푸른 기차'라고 말합니다. 이 기차는 100년을 내달려 '대꽃이 피는 마을'에 도착하지요. 100년 동안 살아온 대나무가 꽃을 피우고 죽는다는 이야기를 멋지게 표현했습니다. 짧은 시 한 편으로 환상여행이라도 떠나고 온 기분입니다.

　그나저나 오늘의 숲해설가는 정년 퇴직한 지 10년도 더 지났다고 하는데, 하루에 매일 24킬로미터를 걷는다고 합니다. 그래서인지 그의 걷는 속도를 도저히 따라잡을 수가 없더라고요. 모르긴 해도 숲해설가의 '푸른 기차'는 '대꽃 마을'에 도착하려면 앞으로 100년은 족히 더 걸릴 것 같습니다.

덩굴이 죽든지,

내가

죽든지

부모님이 계시는 마당의 울타리가 온통 으름덩굴로 덮여 있습니다. 워낙 오래 묵은 터라 울타리 너머의 풍경이 보이지 않을 정도로 무성하게 자랐습니다.

으름덩굴은 성장세가 좋다보니 타고 오를 수 있는 것이라면 무엇이든 잡고 오를 기세입니다. 급기야 울타리를 딛고 단풍나무까지 덮쳐 단풍마저 물들지 못했습니다. 저는 마음이 급해졌습니다.

'이러다간 으름덩굴이 지붕까지 덮치겠어! 으름덩굴의 목을 반드시 베어버려야겠군.'

문득, 자신의 어머니를 지키기 위해 하르페(Harpé)라는 칼을 차고 메두사의 목을 치러 떠났다는 그리스 신화의 페르세우스가 떠올랐습니다. 으름덩굴은 마치 뱀의 형상을 한 메두사의 머리 같았습니다. 저에게도 덩굴의 목을 칠 칼이 필요했죠.

"아버지, 장대낫 좀 주시지요."

"그, 그래. 옜다. 너무 무리하지는 말어."

"네, 걱정 마시고 들어가 계세요."

아버지는 돌아서면서 한마디를 남깁니다.

"으름 열매가 달고 맛있다고 해서 심었는데 20년이 넘도록 열매는커녕 씨도 구경 못한 거여…"

그날 저는 단풍나무를 휘감은 으름덩굴 앞에서 종으로 횡으로 미친듯이 장대낫을 휘둘러댔습니다. 하지만 울타리가 온통 덩굴로 덮여 있던 탓에 어디가 시작이고 어디가 끝인지 알 수가 없었습니다.

결국 '메두사의 목'은 찾지 못했습니다. 이 상태로 두었다가는 잘린 줄기 아래에서 더 많은 생장점을 내며 풍성해질 것이 분명했습니다. 가지치기는 식물의 생장점을 자극하여 더 많은 가지를 내는 법이니까요. 그날은 으름덩굴과 승패를 가르지 못한 채 전투를 끝내야 했습니다.

몇 개월 뒤인 설 연휴에 부모님댁을 찾았습니다. 집앞에 도착하니 울타리를 칭칭 감고 있는 으름덩굴이 보였습니다. 덩굴을 보자마자 까맣게 잊고 있던 지난 가을의 기억이 떠올라 몸서리가 쳐졌습니다. 울타리 앞으로 다가가 조심스레 덩굴 줄기를 매만지며 상황을 살폈지요. 지난번 전투 때와 다른 점이라면, 덩굴의 잎이 모두 떨어져 줄기가 잘 보인다는 것입니다.

예상한 대로 잘랐던 줄기 아래에서 두세 개의 생장점이 나오면서 새 줄기들이 뻗고 있었습니다. 첫 번째

전투 때 승리하지 못한 스스로를 질책했습니다. 저의 눈빛에는 날이 섰습니다.

마침 아는 형님에게 전화 한 통이 왔습니다. 울타리 사정을 이야기하니 '으름덩굴의 벽타기 신공'을 알려주더군요.

"으름덩굴은 몬스테라처럼 줄기마다 공기뿌리가 나오지도 않고, 담쟁이처럼 흡착판을 벽에 붙이고 오르지도 않아. 오직 물체에 줄기를 휘감으면서 올라가지. 철망과 같은 형태의 울타리라면 으름에게는 더할 나위 없이 좋은 지지대야."

"아니, 형님. 공기뿌리도 없고 흡착판도 없는데 저렇게 기세가 좋은 이유가 대체 뭐죠?"

"으름은 하나의 줄기에서 엄청나게 많은 줄기를 뽑아내거든. 마치 문어발처럼 말이야. 탄력을 받기 시작하면 어느 줄기에서 나온 것인지 알 수 없을 정도로 수많은 줄기를 뻗어내. 자신의 줄기를 지지대 삼아서 칭칭 감고 올라가지."

으름은 가지치기를 하지 않아도 하나의 줄기에서

두세 줄기를 뽑아내는 식물이었습니다. 그런 식물의 줄기까지 쳐냈으니 으름의 세력 확장에 제대로 불을 지핀 격입니다.

저는 덩굴식물을 좋아합니다. 몬스테라, 필로덴드론, 에피프레넘 등 온갖 열대의 덩굴식물을 키웁니다. 서로 다른 종끼리 경쟁하듯 자라는 모습을 보면서 식물 키우기의 또 다른 재미를 느끼고 있지요. 그런데 한국의 자생식물인 으름이 이렇게 위협적일 거라고는 생각도 못했습니다. 으름의 어린 순은 나물로도 먹을 수 있고, 줄기와 뿌리는 이뇨와 신경통에 특효라고 하니, 제법 쓸모 있는 식물인데도 말이죠.

부모님댁의 으름덩굴은 이미 괴물로 변해버린 상황이었습니다. 당장 손을 쓰지 않으면 덩굴이 나의 발목부터 휘감을 판이었으니까요.

다행인 것은 잎을 다 떨군 겨울이라 전술을 펼치기에는 적기였다는 것입니다. 으름은 하나의 줄기에서 많은 줄기를 뽑아낸다고 했으니, 줄기가 어디서 시작되는지만 안다면 '메두사의 목'을 치는 것은 이제 시간 문제입니다.

장대낫으로 엉킨 잔가지를 걷어내며 줄기의 시작

이 어디인지 찾습니다. 그런데 '메두사의 목'이 쉽게 보이지 않습니다.

'뭐지? 목이 보이질 않아! 어느 목을 쳐야 하지?! 전부 다 목이네. 메두사의 분신술인가?'

잔가지를 걷어내면 굵고 단단한 줄기 하나가 쏘옥하고 나올 줄 알았습니다. 그런데 굵고 단단한 줄기가 한둘이 아니었습니다. 저는 아버지에게 물었습니다.

"아버지, 대체 몇 그루를 심은 거예요?"

"한 그루 심은 거여."

"한 그루를 심었는데 땅에서 올라오는 줄기가 이렇게 많아요?"

"낸들 알어…?"

절망이었지요. 으름덩굴은 이미 땅 아래로 뿌리를 사방으로 뻗어 줄기가 곳곳에서 솟아오르고 있었습니다. 울타리를 따라 길게 늘어선 수많은 메두사의 목들이 "쳐볼 테면 쳐보시지" 하며 기괴하게 웃는 듯했습니다.

"좋다. 이 요괴야. 칼을 뽑았으니 무라도 썰어주마!"

저는 아침나절 광란의 장대낫질을 해댔습니다. 울

타리의 앞과 뒤를 오가며 파상공세를 펼쳤습니다. 어느덧 으름덩굴로 빽빽하던 울타리 사이로 바깥 풍경이 보였습니다. 맨처음에는 눈 쌓인 논밭의 풍경이 보였고, 그 위를 좋다고 뛰어다니는 아이들이 보였습니다. 그러고는 갑자기 눈앞이 흐려졌죠.

'이것은 분명 기쁨의 눈물? 아, 땀이구나….'

저는 비처럼 쏟아지는 땀을 훔치며 집 안으로 들어와 점퍼를 벗었습니다. 온몸에서 아지랑이가 활활 피어오릅니다. 그리고 밥 세 공기를 흡입하고는 곯아떨어졌습니다.

눈을 뜨니 밖은 어둑어둑합니다. 전투의 승자가 누구였는지는 잘 기억이 나지 않습니다. 한 가지 확실한 것은 팔과 다리, 손목, 발목, 허리, 목, 관절에서 죄다 바람 소리가 들릴 뿐이라는 것이었지요.

물 주는 법

화분 위에서 물을 주는 방식을 윗물 주기(두상관수, 頭上灌水)라고 하고, 화분 아래에서 물을 주는 방식을 저면관수(底面灌水)라고 합니다. 윗물 주기와 저면관수는 장단점이 있습니다.

윗물 주기

윗물 주기는 물조리개로 빗물처럼 뿌려야 흙이 파이지 않고 골고루 물이 스며듭니다. 물은 화분의 배수 구멍으로 충분히 빠질 때까지 주면 좋습니다. 화분 속에 들어 있는 염류나 화학물질을 밖으로 배출시키기 위해서입니다. 화분 속에 있던 물이 증발하면 흙이 마르면서 비료 성분이 남게 되는데, 이것을 염류축적이라고 합니다. 이런 찌꺼기들이 계속 쌓이면 식물이 잘 자라지 않습니다.

윗물 주기는 많은 양의 산소를 함께 공급할 수 있습니다. 화분의 흙속에는 공기층(공극)이 형성되어 있는데, 공극이 확보되어야 통기성이 좋아져서 뿌리가 숨을 쉴 수 있습니다. 윗물 주기는 물이 공극 속을 지나가면서 정체되어 있던 공기를 함께 이동시킵니다. 그러면 뿌리가 물과 함께 실려온 공기를 흡수하면서 식물이 잘 자랍니다.

저면관수

큰 용기에 화분을 담은 뒤 용기에 물을 붓는 방식을 저면관수라고 합니다. 그후 화분의 겉흙을 만졌을 때 촉촉해지면 빼냅니다.

윗물 주기를 반복적으로 하다보면 물이 잘 안 빠지는 시기가 옵니다. 뿌리가 꽉 찼거나 흙이 단단해지면서 흙 속의 공간이 좁아진 것입니다. 물이 안 빠지면 뿌리가 숨을 못 쉬기 때문에 건강하게 자랄 수 없습니다.

저면관수는 모세관현상(중력에 상관없이 가느다란 관을 통해서 위로 빨려 올라가는 현상)을 이용해 아래에서부터 위로 물을 끌어올리므로 꼼꼼하게 물이 흡수됩니다. 고사리처럼 물을 좋아하는 양치식물은 저면관수가 좋습니다. 특히 고사리의 근경(털이 덮여 있는 뿌리줄기)이 화분 밖으로 나와 있는 경우, 근경에 물이 닿으면 과습 위험이 있으므로 저면관수를 해야 합니다.

또한 화분의 흙이 마르면 흙이 수축되면서 물길(물이 지나다니는 통로)이 생기는 경우도 있습니다. 물길이 생기면 물길로만 물이 빠져나가면서 뿌리 전체에 물을 충분히 전달할 수 없습니다. 저면관수를 하면 뭉쳐진 흙을 풀어내 물을 공급할 수 있습니다.

뿌리파리를 퇴치할 때도 저면관수가 좋습니다. 뿌리파리는 화분과 같은 습한 흙 속에 알을 낳으므로 애벌레가 흙속에서 뿌리를 갉아먹으면 식물에게 치명적입니다. 이럴 땐 비오킬이나 코니도를 물에 희석하여 저면관수하세요.

찬
란
한

한
때

성남의 한 식물원을 찾았습니다. 그날 말로만 듣던 할미꽃을 처음 보았습니다. 할미꽃은 정말 아래를 보며 꽃을 피우고 있었지요. 꽃을 소개한 팻말을 보니 왜 할미꽃이 아래로 꽃을 피우는지 알 수 있었습니다.

할미꽃(학명:*Pulsatilla koreana*)
미나리아재비과에 속하는 다년생 초본식물로, 30~40cm까지 자라는 한국 토산종이다. 할미꽃의 꽃가루는 수분에 매우 취약하기 때문에 꽃가루가 빗물에 젖지 않도록 하기 위해 아래를 향해 핀다.

할미꽃 등이 굽은 이유는 꽃가루를 물에 젖지 않게 하기 위해서입니다. 줄기를 구부리면 꽃받침이 우산 역할을 하기 때문에 후대를 잇기 유리한 것이죠. 우리나라에서는 열매가 민들레 열매처럼 흰 털로 수북한 모양이 마치 노인의 풀어헤친 백발을 닮았다고 해서 할미꽃이라 부릅니다.

영미권에서는 할미꽃의 의미가 우리와 다릅니다. 할미꽃은 영어로는 패스크 플라워(Pasque flower)라고 부릅니다. 패스크는 '과거' '넘어가다'라는 뜻의 히브리어 '페사흐(Pessah)'에서 왔습니다.

유대교에서는 모세가 유대인을 이끌고 이집트를 무사히 탈출한 것을 기념하는 날을 유월절이라고 합니다. 유월절은 '무사히 넘어가다'라는 뜻의 히브리어 '페사흐'에서 따와 영어로 '패스오버(Passover)'라고 부릅니다.

유월절은 양력으로 대략 4월 경입니다. 할미꽃이 피는 시기도 이 즈음이지요. 할미꽃은 유대인이 목숨을 걸고 이집트를 탈출했던 그때에 꽃을 피웁니다. 할미꽃도 혹독한 겨울을 견디고 봄을 맞았으니 무사히 넘겼다는 뜻으로 '패스크 플라워'라고 이름 붙인 것입니다.

할미꽃은 누가 봐도 나이 들어 보입니다. 노인처럼 등이 굽어 있으니 죽음의 문턱에 있는 듯합니다. 꽃이 지면 그동안 꽃받침 안에 지켜왔던 꽃씨가 긴 백발을 풀어헤치며 바람에 흩날립니다. 식물은 원래 꽃을 피우면 꽃씨를 날리며 시듭니다. 식물에게는 꽃을 피우는 순간이 가장 찬란한 한때인 것이죠. 하지만 할미꽃은 찬란한 순간에도 등이 굽어 있습니다. 삶과 죽음은 결국 맞닿아 있다는 것을 보여주기라도 하듯 말입니다.

4월의 할미꽃은 가장 찬란한 한때를 넘어가는 중입니다. 절정의 순간, 가장 낮은 자세로 씨앗을 품고 가장 찬란하게 백발로 흩날리는 중입니다.

팽
나
무
의

첫

그
늘

중년의 남자가 7년 전, 제주 일대를 헤매고 다녔습니다. 큰 나무가 있는 집을 찾기 위해서였지요. 그는 부인과 노년을 함께 보낼 집을 갖고 싶었습니다. 마침내 그가 원하던 집터를 발견했습니다. 그를 사로잡은 것은 마당 한편에 자리잡은 두 아름드리의 팽나무였습니다. 수령이 족히 100년은 넘어 보였습니다. 마당에 이렇게 큰 나무가 있다니 믿기지 않았습니다.

　남자가 저에게 말했습니다.

　"나무가 있는 집을 찾고 있었어요. 보자마자 바로 이 집이다 싶었지요. 그런데 문제는 이 큰 나무에 온통 덩굴이 뒤덮여 있는 거예요."

　집터는 30년이 넘도록 관리가 되지 않았습니다. 마당은 사람이 들어갈 수 없을 정도로 덤불로 가득했습니다. 팽나무 역시 덩굴식물인 송악으로 뒤덮여 있었습니다. 팽나무는 덩굴에 감긴 탓에 빛을 보지 못하고 고사할 것 같았습니다.

　그러나 남자는 고민없이 이 터에 자리를 잡기로 했습니다. 그는 먼저 사람 키만큼 자란 덤불을 걷어냈고, 팽나무를 휘감던 덩굴 줄기도 끊었습니다. 그렇게 팽나무 집의 주인이 되었습니다.

팽나무 집 담장 너머로 연못이 하나 보였습니다. 연못에는 연꽃이 그득하게 들어차 있습니다. 제주에는 이런 연못을 곳곳에서 볼 수 있다고 그가 말했습니다. 그리고 덧붙입니다.

"이 동네 사람들은 이런 이런 연못을 '물굿'이라고 불러요. 제주는 물이 귀한 동네지요."

웅덩이에 맑은 물이 솟으면 마을 사람들은 물을 막아 연못을 만들어서 마을 식수와 소나 말의 급수장으로 사용했다고 합니다. 제주가 물이 귀한 이유는 대부분이 건천(乾川, 하천 바닥이 암반으로 이루어져 물이 흐르지 않는 하천)이기 때문입니다. 평상시에는 하천이 말라 있다가 비가 오면 순식간에 물이 불어나면서 하천을 따라 바다로 모두 빠져나가버립니다. 평소에는 하천에 물이 흐를 새가 없으니 물이 귀한 것입니다.

그 덕에 제주는 홍수가 날 일이 없습니다. 제주에는 하룻밤 사이에 육지의 1년치 강수량인 1000밀리리터의 폭우가 쏟아진 적도 있다고 합니다. 아마 육지였다면 물난리가 날 정도의 강수량이었겠지만, 제주에서는 빗물이 순식간에 건천을 따라 바다로 빠져나갑니다.

팽나무 집 앞에 연못이 있는 것은 우연이 아니었습니다. 아니, 연못 근처에 팽나무가 심어진 이유가 있었지요. 멀리서도 연못의 위치를 찾을 수 있도록 일부러 심어놓은 것입니다. 팽나무는 자연스럽게 마을의 정자나무 역할을 했습니다. 제주에서는 오래전부터 팽나무를 신성시했습니다. 조선시대에는 팽나무를 보호하고 관리하는 종수감(種樹監)이라는 직책까지 따로 둘 정도였습니다. 마을 향약에는 '팽나무 한 줄기, 한 잎이라도 손상시킨 자는 목면 반필을 징수한다'는 규약을 담고 있었습니다. 그렇게 보존되어온 노거수(老巨樹, 나이가 많고 커다란 나무) 팽나무들이 제주에는 약 100여 그루 정도 있습니다. 그중 애월읍 상가리에는 수령이 1000년이 넘는 팽나무도 있다고 합니다.

육지에서는 마을 초입에 다다르면 커다란 느티나무를 제일 먼저 볼 수 있습니다. 그러나 제주에서는 팽나무가 그 역할을 합니다. 실제로 제주4·3 사건 때 민가들이 불태워지면서 마을의 흔적을 찾을 수 없게 되자 팽나무가 그 이정표 노릇을 했다고 하지요.

제가 물었습니다.

"그런데 왜 느티나무가 아니고 팽나무가 심어져

있는 건가요?"

"팽나무는 느티나무와 서식 환경도 비슷하고 마을의 정자나무로 역할을 하는 것도 비슷하지요. 하지만 팽나무는 '포구나무'라고 부를 만큼 바닷바람에 강합니다. 그래서 바닷가 근처나 섬마을에 주로 심었어요."

남자가 덩굴 줄기를 끊어낸 지 올해로 7년이 되었습니다. 하지만 팽나무의 새 잎은 쉽게 나오지 않았습니다.

"잎이 언제 나오나 싶었는데 올봄부터 잎이 나오더라고요."

덩굴의 올가미에서 벗어난 팽나무는 서서히 기력을 회복하더니, 마침내 잎을 보여주었습니다. 고사 직전이던 팽나무가 살아난 것입니다. 팽나무의 회복을 먼저 알아본 것은 다름 아닌 새들이었습니다. 앵두처럼 붉은 팽나무 열매는 달콤해서 새들이 무척 좋아합니다. 팽나무의 열매를 먹은 새들은 다시 씨앗을 퍼트리지요.

팽나무를 연구해온 식물학자 허태임 박사는 "팽

나무는 과즙이 많은 달콤한 열매를 새와 동물들에게 제공하고 그들은 팽나무 씨앗을 퍼뜨리는 산포자가 된다"고 말합니다. 또한 왕오색나비와 수노랑나비 등의 애벌레가 팽나무에서 먹고 자라면서 나비가 되고, 비단벌레 역시 팽나무숲에 모여서 산다고 합니다.(《식물분류학자 허태임의 초록목록》 중에서)

그래서인지 팽나무 그늘 아래에서 나비들이 이곳저곳을 날아다니는 모습을 볼 수 있었습니다. 이렇게 여러 생명을 태어나게 하기 때문일까요? 팽나무는 다산과 풍요를 상징하는 나무이기도 합니다.

저는 모처럼 짧은 휴가를 내고 제주에 내려왔습니다. 지인이 숙박을 알아본다기에 그러마 하고 신경 쓰지도 못했습니다. 그렇게 도착한 숙소가 이곳 팽나무집이었지요. 팽나무 위에는 새들이 들어앉아 지저귀고, 마당에는 나비들이 날아다닙니다. 뭍에서 온 저로서는 상당히 비현실적인 풍경이 아닐 수 없습니다.

어젯밤부터 내린 비가 그치자 앞마당 감귤나무와 수국, 야자나무가 더욱 또렷하게 눈에 들어옵니다. 주인은 오늘도 분주히 작은 마당 여기저기를 돌아다니며 꽃과 식물을 살핍니다. 물론 팽나무는 자신을 살린 남자를 위해 더욱 무성한 그늘을 만들어내고 있습니다.

우리와 함께한
팽나무 이야기

팽나무는 은행나무, 느티나무와 함께 노거수 중 가장 많이 남아 있는 나무입니다. 현재 470주가 보호되고 있고, 수령은 500~1,000년에 이릅니다.

팽나무 노거수들은 전라도와 경상도 등지에서 신성시하며 곡창지대를 지켜왔습니다. 그래서 지역마다 봄에 싹 트는 시기나 싹 트는 방향을 보고 농사의 풍작을 점쳤다고 하지요.

팽나무에는 신령(神靈)이 깃들어 있다고 믿기도 했습니다. 전남 광양군 옥곡면 장동리의 1500년 된 팽나무는 수백 년 전에 가지를 꺾으려던 사람이 즉사한 일이 있다고 하고, 나라에 우환이 있을 때마다 이 나무가 운다고 합니다. 전남 보성군 회천면의 200년 된 팽나무 1945년 해방되던

해에 6월에 태풍으로 동남향의 큰 가지가 잘려나가자 마을 사람들은 동쪽에 있는 나라가 망할 징조로 봤다고 하는데, 그해 8월 15일 일본이 패망을 하게 됩니다.

팽나무가 사람처럼 등기부에 등재된 예도 있습니다. 경남 고성군 마암면 삼락리 108-2를 본적으로 둔 500년 된 팽나무는 마을 사람들이 이 나무를 수호신으로 여겨 나무의 이름을 아예 '김목신(金木神)'으로 지어 등기부에 등재했다고 하네요.*

이러한 이야기를 단순히 미신으로 치부하기보다 인간과 나무가 수백 년을 함께하며 의지하고, 자연을 하나의 공동체로 여기며 살아왔다는 것이 우리에게 주는 메시지가 아닐까 합니다.

* 최영전, 《한국민속식물》, 아카데미서적, 1997

식물의 마지막 주인

그녀를 만나기로 한 곳은 서울의 한 재개발예정구역입니다. 그녀는 재개발 공사로 텅 빈 마을에서 식물을 구조한다고 했습니다. 이야기를 듣고 그녀의 활동 모습을 영상에 담고 싶어서 마을로 향했습니다. 마을은 이미 주민들이 모두 빠져나가 있었습니다. 집집마다 대문에는 사람이 살지 않는다는 뜻의 '공가' 표시가 되어 있었지요. 산꼭대기에 위치한 마을버스의 회차 정류장에 내리니, 몸빼바지에 헐렁한 라운드티를 입은 백수혜 작가가 저를 맞았습니다.

"이쪽으로 와보세요. 버려진 식물들이 많아요."

그녀는 익숙한 손놀림으로 호미와 바구니를 챙겼고, 저는 그녀를 뒤따랐습니다. 골목 한편에 핀 풀을 가리키며 그녀가 말했습니다.

"이 식물은 무늬둥굴레예요. 이 뿌리를 말려서 볶으면 우리가 마시는 둥굴레차가 된대요."

무늬둥굴레의 꽃은 줄기를 따라 하얀색 종 모양으로 나란히 달려 있습니다.

"그렇군요. 꽃이 정말 예뻐요."

누군가가 키웠을 수국도 빈 집의 마당에서 여전

히 잘 자라고 있습니다. 마을에 남겨진 길고양이들은 낯선 사람을 보고 도망가기는커녕 우리 일행을 따라다닙니다. 사람이 없으니 먹을 것도 없는 모양입니다. 갑작스러운 변화에 적응하지 못한 고양이들은 한눈에 봐도 건강하지 않았습니다.

제가 고양이들과 눈을 맞추며 인사하는 동안 무심코 여기저기서 자라는 잡초를 밟고 있었지요. 그런데 그녀는 제가 밟고 지나갔던 잡초를 호미로 살살 캐냈습니다. 식물을 구조하고 있던 것이죠.

"이건 원추리예요."

"이름 없는 풀이 없군요?"

저는 실내에서 키우는 식물은 이름표까지 붙이며 달달 외우고 있지만, 정작 주변에서 흔하게 볼 수 있는 식물은 잡초라는 이유만으로 이름조차 알려고 하지 않았던 것이죠.

주민들이 버리고 간 식물들은 민망할 정도로 잘 자랐습니다. 1986년에 있었던 체르노빌 원전 폭발 사고가 떠올랐습니다. 당시에 이 사고로 20만 명 이상이 방사능에 피폭되었고 2만 5천여 명이 목숨을 잃었다고 합니다. 체르노빌은 그후 유령의 도시가 되었습니다. 방사능에 오염된 원전을 중심으로 반경 30km까지 출입이 금지되었지요. 지금까지도 이 지역의 출입제한은 풀리지 않고 있습니다.

그런데 사고 후 40년의 세월이 흐르는 동안 이 도시에 놀라운 일이 벌어졌습니다. 유령의 도시가 거대한 숲으로 변해갔습니다. 가장 심하게 오염된 지역에서도 3년 만에 식물들이 회복하기 시작했습니다. 식물이 방사능에 오염된 환경 속에서도 살아남을 수 있었던 데는, 필요한 세포를 새롭게 만들어내는 그들만의 능력이 있었기 때문입니다. 그 덕에 방사능에 세포가 손상돼도 죽지 않고 계속 성장할 수 있던 것이지요. 움직일 수 없는 대신 환경에 적응하는 능력을 터득한 셈입니다.

체르노빌의 식물도 살아남아 숲을 이루었는데, 주인 없이 남겨진 재개발예정구역의 식물이야 말할 필요가 있을까요? 오히려 지금이 식물들에게는 가장 평화로운 시절인지 모릅니다. 차라리 마을이 이대로 보존된다면 식물과 어우러진 독특한 생태계가 탄생되지 않을까 하는 엉뚱한 상상도 드네요. 하지만 그런 상상은 낭만에 가깝습니다. '식물의 마을'을 꿈꾸기도 전에 이곳은 재개발 공사가 시작될 것이니까요. 그나마 남아 있던 모과나무와 황매화, 오래된 등나무 등은 흔적도 없이 사라질 것입니다. 그녀가 재개발예정구역을 다니며 식물을 구조하는 이유였습니다.

재개발 단지가 존재하는 이상 구조 활동은 계속될 것 같았다. 우리 집에 와서 잘 자라준 식물들이 더 잘 보살펴줄 다른 집으로 가도 좋겠다는 생각이 들었을 즈음, 이것을 하나의 프로젝트로 만들어 꾸준히 활동해야겠다는 계획이 머릿속에 스쳤다. 이렇게 즉흥적으로 시작된 '공덕동 식물유치원'의 유기식물 구조 프로젝트. 이 프로젝트는 사실 식물들이 시작하게 만든 것이다.

_백수혜,《여기는 '공덕동 식물유치원'입니다》중에서

그녀는 구조한 식물들을 공덕동에 위치한 자신의 집으로 데리고 와 새 화분에 적응을 시킵니다. 자신의 집 이름도 '식물유치원'이라고 지었습니다. 구조된 식물들은 식물유치원에서 보호를 받게 되고, 화분에서 자리를 잡으면 비로소 식물들은 졸업 준비를 마칩니다. 졸업은 식물 나눔을 의미합니다. SNS를 통해 사람들에게 식물 나눔 소식을 알리면, 받고 싶은 사람들이 방문하여 입양을 합니다.

마을의 골목길을 오르내리며 구조한 식물들이 어느새 우유 박스 하나에 가득찼습니다. 박스 안에는 옥잠화, 바위취, 둥굴레, 우슬 등이 풍성하게 담겨 있습니다.

"마음에 드는 아이가 있으면 가져가서 키워보세요."

"고맙습니다. 요즘 무늬식물이 유행이니 저는 무늬둥굴레로 할게요."

마치 잎 끝에 붓질을 한 것처럼 무늬에서 생기가 넘칩니다. 길가에서 자라는 풀을 이렇게 차근차근 들여다본 적이 있나 싶었지요. 문득 릴케의 <젊은 시인에게 보내는 편지> 한 대목이 떠오릅니다. "창조하는 자에게는 가난이 없으며, 그냥 지나쳐버려도 될 만큼 빈약한 장소는 없다." 저는 이 문장을 이렇게 바꾸고 싶었습니다. "식물집사에게 손이 빈 적은 없으며, 그냥 지나쳐버려도 될 만큼 소중하지 않은 생명은 없다."

한 인터넷 커뮤니티 게시판에 익명의 사용자가 식물의 종류를 묻는 글을 올려 화제가 된 적이 있습니다. 글쓴이는 안 쓰던 화분에서 싹이 났길래, 신기하고 기특해서 볕이 잘 드는 장소로 옮겨 애지중지 키웠습니다. 식물은 하루가 다르게 눈에 보일 정도로 쑥쑥 컸습니다. 급기야 꽃까지 피운 것이지요.

그는 이 식물의 이름을 알 길이 없자, 인터넷 커뮤니티 게시판에 식물 사진과 함께 글을 남긴 것입니다. 식물의 이름은 잡초로 알려진 한해살이풀인 털별꽃아재비였습니다. 하지만 이 질문 글에 누군가가 달아놓은 댓글이 촌철살인이었습니다.

"기르기 시작한 이상 잡초가 아닙니다."

이 댓글은 초등학교 도덕교과서에 실릴 만큼 명문장이 되었지요. 비록 한 해만 살다 갈지언정 화분에 심긴 털별꽃아재비가 그에게 잡초일리 만무합니다.

저는 더 이상 잡초가 아닌 무늬둥굴레를 받아들고는 그녀와 인사를 나눈 뒤 가파른 골목길을 걸어 내려갔습니다. 집집마다 자라고 있는 장미넝쿨들이 눈에 들어왔습니다. 앞으로 닥칠 자신의 운명을 알았던 걸

까요? 장미넝쿨은 군락을 이루며 담장과 담장 사이를
유연하게 타넘습니다. 지금 이 순간, 생의 가장 평화
로운 한때를 만끽하면서 말이지요.

⟡ *무슨 종인지 알려주세요!!!!!!!!!!!!*, 식물갤러리, https://gall.

dcinside.com

우리말 식물 이름?

둥굴레, 애기똥풀과 같은 우리말 식물 이름은 누가 지었을
까요? 식물 이름은 오랜 세월을 거치면서 다양한 이름으
로 구전되어 왔습니다. 이처럼 보편적으로 쓰인 우리말 식
물명을 정리한 사람이 있습니다. 1937년《조선식물향명
집》을 대표집필한 정태현 박사입니다.《조선식물향명집》
은 한반도에 분포하는 식물 1,944종의 대한 학명과 조선
명, 일본명을 한글로 정리한 책이죠.

우리가 지금 쓰고 있는 깊다양한 식물 이름은 100여 년 전
정태현 박사와 당시 조선 식물학자들이 엮은 한 권의 책에
서 시작하여 지금까지 내려오는 것입니다. 무엇보다 이 책
은 국권을 빼앗겨 우리말 사용에 제약이 있었던 1930년대
에, 당시 조선인들이 실제로 사용한 우리말 식물명을 기록

하는 것을 제1원칙으로 삼았다는 것이 의미 있습니다. 조선의 식물학자로서 민족의 정체성을 지키려 했던, 또 하나의 저항인 셈입니다.

2021년에는 《조선식물향명집》에 담긴 내용을 해설한 《한국 식물 이름의 유래, '조선식물향명집' 주해서》가 출간되기도 했습니다. 무려 1,928쪽에 달하는 대작입니다. 이 책을 엮은 6명의 편저자는 놀랍게도 식물학자가 아니라 식물 애호가입니다. 편저자들은 《조선식물향명집》이 항간에 '일본어로 지은 이름을 무비판적으로 번역'한 친일의 잔재라는 논란을 불식시키기 위해 6년간의 자료조사와 철저한 역사적 고증을 거쳐 출간했다고 합니다. 이들의 열정에 절로 고개가 숙여집니다.

수초를 사랑했던 그 남자

포루투갈 리스본해양수족관(Oceanário de Lisboa)에는 가로 길이 40미터의 대형 수초 어항이 전시되어 있습니다. 어항에는 물 16만 톤, 모래 12톤, 화산암 25톤, 나무줄기 78개가 들어가 있지요. 어항 안에는 약 40여 종 1만 마리의 열대 민물고기와 46종의 수초가 완벽한 생태계를 이루며 살고 있습니다. 수초 어항으로는 세계 최대의 크기입니다.

이 작품은 일본 작가 아마노 다카시(Takashi Amano)가 제작했습니다. 그는 2015년 이 수초 어항의 전시 오픈식을 마치고 4개월 뒤인 62세에 세상을 떠났습니다. 작품 제목은 <물속의 숲(Forests underwater)>입니다. 지금도 당시 제작된 모습 그대로 수초와 물고기들이 건강하게 전시되고 있습니다.

제가 식물을 키우게 된 계기를 거슬러올라가면 아마노 다카시를 만나게 됩니다. 아마노 다카시를 알기 전에는 '어항'이 먼저 있었고요. 어항을 만나기 전에는 첫째아이가 어린이집에서 선물로 받아온 금붕어 한 마리가 있었습니다. 금붕어는 손바닥만 한 어항에서 숨을 할딱거렸습니다. 금붕어를 살리기 위해 좀더 큰 어항을 구입한 것이 시작이었죠. 금붕어에게 좋은 환경을 만들어준다고 어항을 꾸미면서 수초를 키우게 되었습니다.

수초로 예쁘게 어항을 꾸미고 싶어서 검색을 하다 보니, 수초를 이용하여 어항을 예술의 경지로 끌어올린 사람들을 발견하게 되었습니다. 그들은 그야말로 자연을 축소해서 물속에 담아놓았더군요. 어항 안이 물속인지 '천공의 섬 라퓨타'인지 모를 지경이었습니다. 그들은 어항 속에 장대한 협곡 풍경이라든지 아마존의 우거진 밀림을 재현했습니다. 그것도 오로지 돌과 나뭇가지, 수초, 그리고 물고기만으로 말이지요.

이런 작품을 수경예술(nature aquarium, 네이처 아쿠아리움)이라고 부릅니다. 자연의 풍경을 어항 속에 축소하여 재현한다는 뜻입니다. 일본에서는 매년 대규모 수경예술 공모전이 열리는데, 전 세계에서 수천 점의 작품들이 몰려듭니다.

공모전의 출품 방법은 의외로 간단합니다. 어항 속 풍경을 찍은 고화질의 사진 한 장을 이메일로 보내는 것이 전부입니다. 심사위원들은 그 사진 한 장으로 모든 것을 평가합니다. 구도와 균형감은 물론이고 얼마나 창의적인 주제로 자연을 표현했는지 심사합니다. 여기서 가장 중요한 심사 기준이 있습니다. 어항 속 물고기와 수초의 건강상태입니다.

아무리 화려한 기법과 신선한 구도로 만든 작품이라고 해도 그 속에서 사는 생물이 건강하지 않으면 아무 소용이 없습니다. 이 대회에 참여하기 위해 전 세계의 아쿠아스케이퍼(aquascaper, 수경예술 작가)들은 몇 달 전부터 준비합니다. 완성도 높은 사진을 찍기 위해 어항에 담긴 물의 반 이상을 매일 갈아준다는 사람도 있습니다.

관엽식물의 최대 적이 해충이라면, 수초의 최대 적은 이끼거든요. 수초에 이끼가 끼면 출품은 물 건너가기 때문입니다. 심사의 기준인 수초의 건강상태는 바로 이끼가 있냐 없냐이기도 하죠. 이끼는 물속에 영양이 많으면 생기는데, 물고기 배설물도 영양과다에 한몫합니다. 그 때문에 참가자들은 매일 물동이를 나르며 어항 물을 가는 수고를 마다하지 않는 것입니다.

이 공모전을 주최한 곳은 ADA(Aqua Design Amano)라는 일본의 수족관용품 기업입니다. 리스본해양수족관에 40미터 길이의 수초 어항을 유작으로 남긴 아마노 다카시가 세운 회사죠. 그가 수경예술이라는 장르를 만든 장본인입니다. 아마노 다카시는 생전에 수경예술에 대해 이렇게 말했습니다.

"아름다운 풍경은 언제나 건강한 생태계 안에서 유지됩니다."

이 말 속에는 수경예술의 철학이 모두 담겨 있습니다. 수경예술은 어항이라는 한정된 공간을 수초로 아름답게 꾸미는 것이 목적이지만, 그 안에서 수초와 물고기가 건강하게 살 수 있는 생태계를 유지해야 한다는 이야기입니다.

얼핏 들으면 쉬울 것 같지만, 어항 안에서 물고기와 수초를 모두 건강하게 키워내는 것은 물과 기름을 섞는 것만큼이나 어렵습니다. 물고기와 수초는 서로에게 필요한 산소와 영양을 공급하지만, 중요한 것은 필요한 만큼만 주어야 한다는 것입니다. 어느 한쪽이라도 넘치거나 부족하면 수초든 물고기든 병이 들게 됩니다.

아마노 다카시는 아마존강과 열대우림의 자연을 찍는 사진작가였습니다. 지금은 대형마트 수족관 코너에서 쉽게 구할 수 있는 물고기가 있습니다. 푸른 형광빛의 몸통 위에 붉은 띠가 새겨진 카디널 테트라입니다. 아마존강에서 서식하는 카디널 테트라의 야생 사진을 세계 최초로 촬영한 사람이 아마노 다카시입니다. 그는 아마존강의 물속 풍경을 축소하여 어항 속에 재현하면서도, 그 안의 수초와 물고기가 건강하게 살 수 있는 방법을 끊임없이 연구했습니다.

그 이전까지 수초 키우기란 단지 풍성하고 다채로운 색깔로 조화를 이루며 키우는 것이 목적이었습니다. 마당의 나무와 꽃을 빼곡하게 심듯, 어항 속 수초들 역시 알록달록한 색감을 감상하는 것이지요. 이러한 수초의 사육 방법을 '더치 스타일(dutch style)'이라고 부릅니다. 1930년대 네덜란드에서 시작되었죠. 그런데 아마노 다카시는 여기에 일본의 정원 디자인과 조경 철학을 접목시켜 자신만의 스타일을 만듭니다. 그는 돌이나 나뭇가지를 레이아웃의 소재로 사용했습니다. 또 수초가 잘 자라기 위해서는 이산화탄소가 필요하다는 것을 발견하고는 고압의 이산화탄소를 어항에 강제 주입하는 장치까지 개발합니다. 수초가 광합성을 하려면 청색 파장이 유용하다는 것을 깨닫고는 메탈할라이드 조명을 처음으로 수초용 조명으로 사용하기도 했습니다.

ADA의 제품들은 대부분 고가 장비들이 많습니다. 군더더기 없는 디자인으로 '수족관용품계의 애플'이라고도 불리죠. 그는 "어항 속의 풍경을 관상하는 데 장해가 되는 요소는 모두 버려라" 하고 말했습니다. 그 결과 ADA에서는 어항의 프레임과 뚜껑까지 모두 제거한 '큐브가든'이라는 이름의 어항을 출시하기에 이릅니다. 지금은 동네 수족관에서 쉽게 볼 수 있는 프레임 없는 '누드어항'의 시초입니다.

사람들은 그가 만든 아름다운 수초 어항을 보면서 한편으로는 의아해했습니다. 과연 저렇게 꾸며놓고 얼마나 오랫동안 유지할 수 있을까? 조만간 이끼로 뒤덮히거나 폭풍 성장한 수초가 애써 만든 레이아웃을 무용지물로 만들 게 분명해 보였습니다.

물론 아마노 다카시도 잘 알고 있었습니다. 그래서 수초 어항의 아름다움을 지속가능하게 유지하기 위해서는 성장이 느린 수초가 필요하다고 생각했습니다. 그후 아마노 다카시는 전 세계의 오지를 찾아다녔습니다. 결국 서아프리카가 원산지인 볼비티스와 아누

비아스 나나, 크립토코리네 등 성장이 느린 수초를 발견하여 레이아웃에 적극적으로 활용하게 되었지요.

수경예술은 어항이라는 한정된 공간을 인위적으로 조경하고 관상하는 장르였지만, 그가 가장 중요하게 생각한 것은 어항 속에 가장 자연스러운 풍경을 재현하는 것이었습니다. 카디널 테트라가 아마존강에서 살고 있다고 느낄 정도로 말이지요. 그는 자연을 어항 속으로 옮기는 일은 자연과 인간이 공생해야만 가능한 일이라고 생각했습니다. 작은 공간의 생태계를 유지하기 위해 노력하는 일은 자연을 이해하는 일과 다르지 않기 때문입니다.

아마노 다카시는 리스본해양수족관의 작품 <물속의 숲>을 제작한 후, 일본 가고시마현의 어느 한적한 시골에서 자서전 집필과 함께 위암 치료를 하며 인생의 마지막을 보내게 됩니다. 어린 시절, 강과 개울가에서 물고기를 잡고 놀던 기억 때문이었을까요? 그곳에서 머무는 동안 카메라에 흑백필름을 넣고 활기 넘치는 거리의 풍경과 자연을 찍었습니다.

그가 타계하고 한 달 뒤인 2015년 9월 그의 자

전 사진집이 출간됩니다. 책의 제목은 《Origin of Creation(創造の原點, 창조의 원점)》이었습니다. 삶의 끝에 선 그는 아마 50년 전 10살 때 형의 카메라를 빌려 뒷산을 탐험하며 흑백사진을 찍었던 처음을 기억하고 싶지 않았을까요? 그날이 아마노 다카시의 '창조의 시작'이었기 때문일 것입니다.

물고기와 식물

물고기를 키우는 취미를 '물생활'이라고 합니다. 물생활을
하면 식물 키우기 좋은 점이 있습니다.

1 어항물

어항이라는 작은 생태계 안에서 물고기와 수초가 살기 좋
은 환경이 되려면 물 관리가 중요합니다. 어항물에는 식물
에게 필요한 질소 성분 등의 영양분이 포함되어 있어 식물
이 건강하게 자라는 데 도움을 줍니다.

2 염소제거제

수돗물에는 소독제 역할을 하는 염소 성분이 들어 있습니다. 식물에게 물을 줄 때 수돗물을 하루 정도 받아뒀다 주면 좋습니다. 만약 물을 바로 줘야 하는 상황이라면 어항 물갈이제를 사용하면 염소가 제거되어 바로 물을 주어도 됩니다.

3 수중히터

열대어와 열대식물은 20~26도의 기온(수온)에서 잘 삽니다. 열대식물을 수경재배할 때 물고기가 사는 어항물에 넣어 키우면 잘 자랍니다. 최근 이런 방식을 아쿠아포닉스(aquaponics)라고도 합니다. 수중히터는 26도의 수온을 유지해주기 때문에 식물 뿌리에 일정한 온도로 물을 공급해주어 좋은 아이템입니다.

4 달팽이 제거

민달팽이는 잎을 갈아먹습니다. 어항의 물달팽이도 어항

벽에 달라붙어 관상을 해치지요. 어항용 달팽이제거제를 물에 희석하여 화분에 부어주면 민달팽이를 제거하는 데 효과가 있습니다.

5 핀셋

핀셋은 수초를 심을 때 유용한 도구입니다. 어항용 핀셋은 일반 핀셋보다 깁니다. 어항 바닥까지 핀셋이 닿아야 하기 때문입니다. 식물을 키울 때도 작은 식물이나 작은 화분을 다룰 때 유용합니다. 특히 테라리움을 꾸민다면 좁은 유리병 입구에 손이 들어가지 않는 경우가 많아 핀셋은 필수품이라고 할 수 있습니다.

6 어항

어항은 물생활의 기본용품입니다. 만약 빈 어항이 있다면 번식을 위해 자른 삽수 개체를 케어할 때 온실용으로 쓰면 좋습니다. 랩을 씌워서 습도를 유지할 수도 있지만, 어항 사이즈에 맞는 유리 슬라이딩 뚜껑도 기성품으로 판매합니다.

뿌리와 줄기 사이

식물방으로 대학 선배가 찾아왔습니다. 그는 스물네 살의 조카를 데리고 왔습니다. 선배는 자신의 조카가 식물에 관심이 많아 저의 식물방을 보여주고 싶다고 했습니다. 아니나 다를까, 조카는 제가 키우는 식물들을 보자마자 눈을 반짝거립니다.

저 역시 그의 조카가 식물에 관심이 있다고 하니 눈이 번쩍 뜨였습니다. 그와 어디서부터 초점을 맞추고 대화를 시작할지 즐거운 고민에 빠졌습니다. 그가 식물 잎의 질감이나 형태, 무늬, 패턴 등의 미감을 즐기는 '관엽식물파'인지, 화려한 색감의 꽃을 즐기는 '꽃식물파'인지 궁금했습니다. 아니면 나무를 좋아하는 '목본식물파'인지, 연한 초록색 줄기를 가진 식물을 좋아하는 '초본식물파'인지 궁금했습니다.

더 있습니다. 밀림에 사는 열대식물을 좋아하는지, 사막에서 자라는 아프리카 식물을 좋아하는지, 고사리와 같이 포자로 번식하는 양치식물을 좋아하는지, 암술과 수술이 만나 종자로 번식하는 식물을 좋아하는지 궁금했습니다.

조카가 말했습니다.

"저는 테라리움에 관심이 있어요."

'아차, 그건 생각을 못했네.'

그러니까 작은 유리 케이스 안에 작은 정글을 만들고 싶은지, 아니면 나의 공간 전체를 정글로 만들고 싶은지도 궁금했어야 합니다. 그가 테라리움에 관심이 있다는 것은 축소된 정글을 좋아한다는 의미겠지요.

역시 그는 제가 만들어놓은 테라리움을 유심히 봅니다. 테라리움에 들어간 식물의 이름은 무엇이고, 어떤 재료를 사용하여 만들었는지 꼼꼼하게 질문을 합니다. 테라리움에는 저도 관심이 많기 때문에 어렵지 않게 대화의 초점을 맞출 수 있었습니다.

그에게 물었습니다.

"직접 만든 테라리움 작품도 있어?"

그는 수줍게 휴대폰을 꺼내며 자신이 만든 테라리움 사진을 보여줍니다.

"오!"

테라리움 만드는 수준이 보통은 아니었습니다. 테라리움의 매력 중 하나를 꼽자면 유리 케이스 안에 다양한 식물들을 배치하여 가장 자연과 비슷한 모습으로 꾸미는 것입니다. 자연을 모방하기 위해서는 유리 케이스 안에 식물들을 '자연스럽게' 넣으면 될 것 같지만, 테라리움을 제작하기 전부터 정교하게 구도를 잡고 꼼꼼하게 계획을 세워야 합니다.

그 안에 들어갈 식물 역시 세밀하게 배치해야 하죠. 식물마다 좋아하는 빛의 세기와 습도가 모두 다르기 때문입니다. 테라리움의 재료로 많이 사용하는 이끼가 특히 그렇습니다. 깃털이끼는 조명에서 너무 가까우면 갈색으로 변해 말라버리고, 조명에서 조금만 떨어져도 웃자라면서 잎 모양이 미워집니다.

솔이끼는 또 다릅니다. 솔이끼는 빛을 좋아하고 건조에도 강해서 다른 이끼보다 조명 가까이 배치를 해야 잘 크지요. 이끼 하나에도 원하는 조건이 제각각이니 다양한 종류의 식물을 작은 유리 케이스 안에 넣어서 안정적인 생태계를 유지하기란 생각처럼 쉽지 않습니다.

그는 테라리움의 균형감 있는 구도가 무엇인지 아는 듯했습니다. 식물들이 제각각 적절한 위치에 배치되어 있었습니다. 그러면서도 구도를 흐트러뜨리지 않았지요. 저는 갑자기 그의 전공이 궁금해졌습니다.

그는 더욱 초롱초롱해진 눈빛으로 대답합니다.

"고졸입니다."

저는 다시 아차, 싶었습니다.

'내가 무슨 근거로 이 친구가 대학 전공자일 거라고 생각한 것일까? 세상에는 대학을 나오지 않은 사람이 더 많은데 말야.'

그러나 그는 '고졸'이라고 답하면서도 전혀 위축되지 않았습니다.

"전 한번도 후회해본 적이 없어요. 오히려 남들보다 먼저 사회를 경험하고 있는 게 얼마나 다행인지 몰라요."

이른바 '자발적 대학 비진학자'라고 할 수 있었습니다. 그는 고등학교 시절, 여느 수험생처럼 대입을 준비했습니다. 그러던 고등학교 2학년 무렵 대학 진학에 회의를 느꼈습니다. 부모님께도 좀더 일찍 사회에 나가 적성을 찾고 싶다고 말했고, 부모님도 그의 의견을 존중했습니다.

"명확한 진로를 정하기보다는 지금 내가 관심 있는 것부터 경험하고 싶었어요. 그 처음이 요리였고요. 졸업을 하고 곧바로 요리를 배우면서 현장 경험을 했어요. 요리는 꼭 대학을 나와야 할 수 있는 건 아니니까요."

군 제대 후에는 테라리움에 관심을 갖기 시작했습니다. 요리와 관련 없어 보이는 테라리움에 관심이 생겼다고 하면 의아해 할 수 있지만, 무언가를 손으로 섬세하게 창조하는 행위라는 점에서 이 둘은 매우 비슷한 결을 가지고 있습니다. 저는 그가 테라리움을 어떻게 만드는지 궁금해졌습니다.

"테라리움 만드는 법을 영상으로 찍어보면 어떨까?"

그에게 저의 유튜브 채널 출연을 제안했습니다. 촬영까지는 일주일의 시간이 주어졌습니다. 짧은 준비 기간이었지만, 그가 촬영을 위해 준비해온 것들을 보니, 테라리움을 즐기고 있다는 걸 단번에 알 수 있었습니다.

스물네 살의 이 청년은 자신의 삶을 즐길 줄 알았습니다. 그후 한 달도 채 되지 않아, 그는 명동 한복판에서 자신의 이름을 내건 첫 번째 테라리움 개인전을 열게 됩니다. 한순간 성장의 가속도가 붙은 것처럼 보였습니다.

열대 식물에게도 그런 순간이 있습니다. 잎 한 장에 가는 뿌리 하나가 겨우 달려 있는 몬스테라의 삽수묘를 화분에 심어보지만, 몇 달이 지나도 새 잎이 나올 기미가 보이지 않아 애가 탑니다. 그러던 어느 날, 새 잎 한 장이 나오면서 하루가 멀다 하고 새 잎을 뽑아냅니다. 잎 한 장이 새 잎을 낼 때까지 화분 속에서는 잔뿌리들을 만들어내고 있던 것입니다.

식물은 줄기와 뿌리의 비율이 비슷해야 잘 성장합니다. 이것을 상층부(Top)와 뿌리(Root)의 비율, 즉 T/R 비율이라고 합니다. 잎 한 장짜리의 삽수묘가 한동안 새 잎을 내지 않은 이유는 잎이 나올 준비가 되어 있지 않기 때문이 아니라, 뿌리와 줄기의 비율이 맞지 않기 때문입니다.

줄기보다 뿌리의 비율이 높으면 뿌리를 쳐내야 하고, 뿌리보다 줄기의 비율이 높으면 줄기를 쳐내야 식물이 건강하게 잘 자랍니다. 이 둘 중 어느 하나에도 치우침이 없어야 균형 있게 잘 자랍니다.

그는 자신이 뿌리를 내린 만큼의 비율로 균형감 있게 성장하고 있었습니다. 현재를 즐기고 몰입하는 힘이 그에게는 '뿌리'였던 것이지요. 그의 몰입이 바로 폭풍 성장의 동력인 셈입니다.

테라리움의 잎이
시들면

저는 테라리움의 오래된 잎들이 누렇게 되면 잎을 떼어내
버리지 않고, 그 잎들을 잘게 잘라 다시 흙 위에 뿌려둡니
다. 자연에서 낙엽이 썩으면서 영양분을 만드는 부엽토의
역할을 대신해주는 것이지요. 비록 인위적인 순환체계를
만들어주는 것이지만, 죽은 잎을 다시 땅으로 돌려보내는
일 정도는 타향살이하는 식물에게 할 수 있는 최소한의 예
의일 것입니다.

그
루
와

크
루

식물방에 동생이 한 명 놀러왔습니다. 그는 입구에 들어서자마자 몬스테라를 보고는 묻습니다.

"이국적으로 생긴 이 식물 이름은 뭔가요?!"

"몬스테라야."

불과 몇 년 전만 해도 몬스테라는 낯선 식물이었습니다. 심지어 구하기조차 힘들어서 몇몇 화원에서는 절화식물(꽃꽂이 식물)처럼 줄기만 잘라 팔았습니다. 뿌리도 없는 줄기를 물에 담궈 키우니 줄기는 얼마 못 가 썩을 수밖에 없습니다. 당시에는 판매자 역시 몬스테라에 대한 지식이 없었던 것이죠.

그날 이후, 동생은 양재꽃시장과 수도권 일대 화원을 돌아다니며 몬스테라를 사모았습니다. 그리고 지금은 몬스테라만 50여 종 가까이 콜렉션하는 '찐덕후'가 되었지요. 같은 식물이어도 무늬에 따라 가치와 희소성이 다릅니다.

저의 식물방을 다녀간 뒤로 본격적으로 식물을 사모으기 시작한 친구들이 꽤 있습니다. 정글처럼 우거진 비현실적인 공간을 보고 자기들 나름의 정글을 꿈꿨던 것입니다. 급기야 식물을 업으로 하는 친구도 생겼지요. 대부분 10년 이상 손아래 동생들입니다. 그런데 문득 걱정이 앞섰습니다. 이 동생들은 비혼인지라 제가 괜히 미래의 배우자들에게 핀잔을 듣지는 않을까 불안해졌습니다.

결국 우려하던 일(?)이 벌어졌습니다. 몬스테라를 모아오던 동생이 결혼을 한 것입니다. 몇 달 후 그의 집들이에 초대를 받았습니다. 아니나 다를까. 이미 신혼집의 방 하나를 식물방으로 내주었더군요. 방 안에는 비닐하우스까지 마련해놓았습니다. 분명히 아기가 태어난다면 아기방으로 써야 할 공간입니다. 동생은 제수씨에게 저를 소개했습니다.

"나를 식물 세계로 '인도'한 형님이야."

"아, 그분?!"

이런 날이 올 거라고 상상은 했지만, 이렇게 빨리 현실이 될 줄이야. 제수씨와 저 사이에는 서로 의중을 알 수 없는 눈빛만 오고갈 뿐이었습니다.

식물로 만난 동생들이 가끔 저를 '스승'이라고 소개할라치면 화들짝 놀라며 손사래칩니다.

"내가 한 거라곤 식물 키우는 법을 공유한 것 말고는 없어."

사실이 그렇습니다. 만약 취미의 세계에서 어느 한 사람이 누군가의 스승이 된다면, 그것은 지식 너머의 문제일 것입니다. 이른바 리스펙트(respect, 존경)의 범주입니다. 지식을 알려주는 것만으로는 누군가의 스승이 될 리 없습니다. 저보다 늦게 식물 취미를 시작한 동생들이 이제는 저보다 더 많은 식물지식을 가지고 있는 것만 봐도 그렇지요. 그사이에 다들 몬스테라 전문가, 무늬식물 전문가, 고사리 전문가가 되어 있으니까요.

취미가 아닌 취향 공동체로 진화하고 있는 것도 그 이유입니다. 더욱 세밀하고, 더욱 극단적으로 서로 결이 맞는 사람들이 모여 취향을 공유하는 것이 취향 공동체입니다. 그러므로 우리에게 필요한 것은 구루(guru, 스승)가 아닌 크루(crew, 친구)인지 모릅니다. '나와 같은 취향의 누군가가 또 있구나' 하는 반가움이 우리를 외롭지 않게 합니다.

저에게는 벌써 4년간이나 단톡방에서 활동하는 15명의 식물 크루들이 있습니다. 신혼집에 비닐하우스를 들인 동생도 이 단톡방 식물 크루 중 한 명이죠.

물생활 취미로 모였지만, 지금은 모두 식물생활에 여념이 없습니다.

제아무리 취미가 같다 해도, 15명이 4년 동안 들고 난 적이 없다는 것도 신기합니다. 아무래도 단톡방의 방장이 뾰족한 취향의 결을 찾아내는 신묘한 능력(?)이 있는 것으로밖에 설명이 안 됩니다.

언젠가 방장에게 이탈자가 없는 비결을 물었습니다. 그러자 방장이 대답했습니다.

"후훗, 덕질의 끝판을 깨본 덕력이 있는 사람을 색출(?)해낸 것뿐이죠."

덕질의 끝판왕도 취향 공동체의 조건이 된다니. 취향 공동체를 이룬다는 것은 남과 다른 길을 간다 해도 불안하지 않는 것임에는 틀림없어 보입니다.

너의 고향은?

저의 식물방에는 한 뼘의 빛이 겨우 들어옵니다. 북향이기 때문입니다. 아침나절 해가 잠깐 들어왔다가 사라지죠. 식물들은 순식간에 달아나는 해를 쫓다가 결국 거북목이 되어버립니다. 창가는 비좁고 식물은 많으니 이곳은 언제나 새로 들어온 식물들의 차지일 수밖에 없습니다.

몇 달 전에 들인 알로카시아 프뤼덱도 창가에서 신입내기의 특권을 누리는 중입니다. 하지만 이 식물도 북향의 빛을 받으면서 어쩔 수 없이 거북목이 되어가고 있습니다.

저는 애초에 이 식물을 비좁은 창가보다는 책상 자리에서 잘 보이는 선반 위에 놓고 싶었습니다. 인테리어 효과로도 딱이었지요. 한참을 고민하다 결국 창가에서 식물을 가져와 선반 위에 두기로 했습니다. 화분을 이리 돌리고 저리 돌려보았습니다. 역시 품격이 느껴지는 벨벳 질감의 잎!

'이 자리가 딱이네. 여태 창가 구석탱이에서 뭐하고 있었니?'

볕 좋은 창가가 '구석탱이'로 전락하는 순간입니

다. 그런데 한참을 들여다보며 흡족해하고 있으려니 불편한 마음이 들어와 앉습니다. 식물이 선반 위에서 금세라도 이파리를 떨굴 것처럼 퍼렇게 질려 있습니다. 식물이 저에게 말합니다.

'거북목이 돼도 좋으니 해를 볼 수 있는 북향으로 가고 싶어.'

식물은 생각하지 않고 꾸역꾸역 내 욕심만 채우는 건 아닌지. 식물등을 달아줄까 생각도 해보았지만 왠지 썩 내키지 않습니다. 결국 원래 식물이 있던 창가로 돌려보내기로 합니다. 식물을 창가로 보내기 전 식물의 기념 사진을 한 장 찍습니다. 그리고 식물에게 말합니다.

'창가는 네가 거북목이 되어 자리잡은 곳이니 이제는 북향이 네 고향이야.'

식물에게 좋은 자리?

식물은 내가 원하는 자리에 놓아야 할까, 식물이 원하는
자리에 놓아야 할까? 식물을 키우는 사람이 아니어도 대
부분 "식물이 원하는 자리"라고 대답합니다. 당연해 보이
는 이 답이 오늘따라 왜 이렇게 어렵게 느껴지는지. 정신
을 차리고 보면 종종 내가 원하는 자리에 식물이 놓여 있
는 것을 발견하거든요. '저 자리에 딱 식물이 있으면 안성
맞춤인데?' 하는 생각. 요괴가 나타나 식물을 인테리어 소
품으로 바꿔버리는 순간이지요. 빈 자리를 보면 식물을 올
려두고 싶은 마음은 당연한 것 아닌가 생각할 수 있습니
다. 이런 궁금증은 식물 키우기 FAQ의 단골 주제입니다.

Q. 식물은 인테리어로 훌륭한 소품 아닌가요? 플랜츠

+인테리어, 플랜테리어라는 말도 있잖아요? 왜 내가 놓고 싶은 자리에 놓으면 안 되지요?

A. 식물은 훌륭한 인테리어 소품이 맞습니다. 하지만 조건이 있습니다. 내가 원하는 자리에 식물을 놓고 싶다면 그 환경에서 살 수 있는 식물을 놓으세요.

수학공식 같은 '정답'이지만 세상의 일이란 숫자만 대입한다고 답이 나오지 않는 경우도 있습니다. 식물도 잎을 봐주는 사람이 있어야 잘 자랍니다. 자주 들여다보고 상태를 봐주면 그만큼 건강해집니다.

내 머릿속의 생장점

식물에게는 생장점이 있습니다. 생장점은 보통 줄기와 뿌리 끝에 있습니다. 줄기 끝에 있는 생장점에서는 새 줄기와 잎을 만들어냅니다. 그래서 생장점이 있는 줄기를 자르면 줄기는 더 이상 자라지 않지요. 하지만 잘린 줄기 바로 아래에 다시 생장점이 생기면서 새 줄기가 나옵니다.

율마(*Cupressus marcrocarpa* 'Goldcrest')는 북미가 원산인 측백나무과 식물입니다. 바늘처럼 뾰족한 이파리들이 빼곡하게 줄기를 덮고 있어서 구 형태나 크리스마스 트리와 같은 수형으로 인기가 높습니다. 율마는 줄기 끝에 달린 뾰족한 이파리의 순을 따내면 금세 두세 개의 새순이 돋아납니다. 그것도 엄청난 속도로 말이지요. 이것을 율마의 순따기라고 합니다.

어린 시절 수많은 공상과 잡념이 머릿속을 떠돌아다녔습니다. 마치 율마의 순따기처럼 생각 하나를 걷어내면 두세 개의 생각들이 금세 돋아났지요. 머릿속에는 곧 거대한 율마나무가 들어앉았습니다. 남들에게는 산만함으로 비춰졌지요. 초등학교 생활기록부에는 1학년부터 6학년 때까지 빠지지 않은 담임선생님의 코멘트가 있었습니다.

'매사에 산만함.'

성인이 될 때까지 이 산만함과 패키지로 붙어다닌 것이 하나 더 있었습니다. 바로 건망증입니다.

한 날은 퇴근길에 아내에게 문자가 왔습니다.

"차를 가지고 오시오."

"고맙소."

저는 문자를 받자마자 발걸음을 회사로 돌립니다. 집과 사무실이 가까운 거리에 있다보니 차로 출근하는 날이 드물지만, 그날은 외근이 있어 차로 출근을 했습니다. 그런데 차로 출근한 것을 잊어버리고는 걸어서 퇴근을 한 것입니다. 이런 일이 빈번하다보니 아내는 퇴근 시간에 맞춰 아예 문자를 보내는 것이죠.

그나마 아내에게 문자라도 받으면 회사로 되돌아가 차를 가져오지만, 문자를 못 받은 날엔 여지없이 집까지 걸어오고 맙니다. 그러고는 집 앞에 도착했을 때 내 주차 자리를 보고 화들짝 놀라는 것이죠. 차가 없어졌기 때문입니다. 순간 머릿속이 하얘지면서 온갖 생각이 스칩니다.

'누가 내 차를 훔쳐갔나?!'

한참을 멍하니 서 있다가 겨우 기억해냅니다.

'아, 사무실에 두고 왔구나….'

다른 경우도 있습니다. 퇴근하기 위해 회사 건물 지하주차장으로 내려왔는데 내 차가 어디에도 보이지 않습니다.

'내가 차를 어디에 주차했더라? 뭐야, 누가 내 차를 훔쳐갔나?!'

위아래층을 오가며 차를 찾아 헤매다 결국 기억해냅니다.

'아, 오늘 걸어서 출근했구나….'

산만함과 건망증에 추가된 패키지가 하나 더 있었으니, 그것은 과몰입 증상입니다.

식물 그림을 그려야 할 일이 있었습니다. 큰 그림이다보니 원본 사진을 700배로 확대하여 픽셀 단위로 그려야 할 만큼 밀도가 높았습니다. 결국 그림 한 장을 그리는 데 꼬박 일주일이 걸렸습니다. 문제는 밤과 낮이 뒤바뀌어도 모를 만큼 그리는 재미에 푹 빠져들었다는 것입니다. 급기야 손목과 손가락이 저리는 손목터널증후군 증세까지 왔지만 머릿속에 드는 생각은 단 하나였습니다.

'밥 먹는 시간에 그림을 더 그릴 수만 있다면 얼마나 좋을까!'

끊임없이 생각이 꼬리를 무는 산만함과 물건을 잘 흘리는 건망증, 그리고 무언가에 집중하면 끊어내지 못하는 과몰입…. 이 세 가지 사이에 공통점은 없어 보이지만 이들을 이어주는 연결고리가 있었습니다. ADHD(주의력결핍과잉행동장애)입니다. 저는 나이 마흔이 넘어서야 내 머릿속에 키우던 율마의 정체를 알게 되었습니다.

우연한 기회로 신경정신과 전문의를 만났던 적이 있었지요. 의사 선생님에게 들은 소견은 뜻밖에도 건망증과 산만함, 과몰입이 대표 증상인 성인ADHD였습니다.

그 말을 들은 저는 "네?" 하는 의문문 대신 "아!" 하는 장탄식을 내뱉었습니다. 그날 집으로 돌아오는 길에 의사 선생님이 내준 숙제를 하나하나 짚어봤습니다. 선생님이 일러준 ADHD 증상에 내가 얼마나 부합되는지 살펴보았지요. 그러고는 무릎을 탁 쳤습니다.

'내 인생에서 빠져 있던 퍼즐 한 조각이 여기 숨어

있었구나.'

잃어버린 성궤를 찾은 기분이었습니다. 물건을 잘 챙기지 못했던 이유는 부주의해서가 아니라, 많은 생각이 머릿속에 빼곡히 들어서는 ADHD 때문이었습니다. 이 생각들이 때로는 나를 한 발짝도 앞으로 나갈 수 없게 한 것입니다.

저는 선생님에게 고충을 털어놓았습니다.

"매사 모든 일들이 병렬로 늘어선 느낌이에요. 해야 할 일을 까먹지 않기 위해서 노트에 우선순위를 적어보지만, 해야 할 일들이 1열종대로 줄 서 있지 않고 1열횡대로 늘어선 느낌이랄까요?"

그나마도 산만함을 이겨내면 그다음은 과몰입이 문제였습니다.

"제가 산만하다보니 한 가지 일에 집중하기까지 많은 에너지가 필요해요. 그러다 겨우 집중을 하면 이번에는 그 일을 끊어내기가 힘든 거예요. 밥때를 미루는 건 예사고요. 화장실도 참을 수 없을 때까지 버티다 가거든요."

ADHD의 가장 흔한 증상이었습니다.

식물에게는 표현형 가소성(phenotypic plasticity)이라는 것이 있습니다. 식물이 주변의 바뀐 환경 변화를 알아차리고 식물 스스로 자신의 형태를 환경에 맞추는 것입니다. 무늬식물의 경우 빛이 식물에게 어느 각도로, 얼마만큼의 세기로, 어디에 비추느냐에 따라 잎의 무늬 형태와 색깔이 달라집니다. 그만큼 식물은 환경 변화에 능동적으로 적응합니다.

한편으로 식물의 표현형 가소성은 식물이 그만큼 현재에 집중한다는 뜻이기도 합니다. 아무리 '천재적인' 무늬를 가졌어도 식물은 지금 내 잎 위에 떨어지는 빛의 각도와 세기에 집중할 뿐입니다. 식물은 결코 "난 천재적인 무늬를 가지고 태어났으니, 빛이 없어도 충분히 좋은 무늬를 낼 수 있어" 하고 생각하지 않습니다. '천재' 무늬 식물도 언제든지 미련없이 '바보' 무늬를 만들 수 있습니다. 식물에게는 단지 생존 전략일 뿐이니까요.

제가 성인ADHD라는 것을 알았을 때 가장 먼저 하고자 한 일은 현재에 집중하는 것이었습니다. 내 머릿속에 들어앉은 율마가 과거와 미래의 생각으로 새 순을 내지 않으려면 스스로 현재에 집중해야 했습니다. 물론 ADHD가 의지만으로 해결되는 영역은 아닙니다. 이 병의 원인이 정확히 밝혀지지는 않았지만, 유전과 환경 요인, 그리고 신경전달물질의 불균형도 주요 원인 중 하나입니다. ADHD의 치료법 또한 의견이 분분하지요.

오늘도 머릿속에서는 율마가 끊임없이 새순을 냅니다. 그리고 어김없이 생각의 순따기를 하고 있습니다. 하지만 달라진 점도 있습니다. 새순이 자랄 때마다 생각합니다.

'아, 내가 또 현재에 있지 않구나' 하고 알아차리는 것입니다. 억지로 순을 따기보다 '그렇구나' 하며 지금의 내 상태를 들여다보는 것이지요. 그렇게 현재를 놓치지 않는 법을 배워나가는 중입니다. 식물이 변하는 환경에 맞춰 형태를 바꾸듯, 우리의 뇌 역시 현재를 알아차리는 만큼 현재에 집중할 수 있는 적응력을 가지고 있을 것이라 믿으면서요.

물과 식물이 만나

초등학교 동문 체육대회가 있었습니다. 국민학교를 졸업하고 30년이 훌쩍 넘어 처음으로 체육대회가 열리는 운동장에 들어섰지요. 학교를 둘러보다 건물 뒷편으로 발길을 옮겼습니다. 남한강이 한눈에 들어왔습니다. 어린 시절, 남한강은 여름이면 장마로 강물이 범람했고 겨울이 되면 강물이 꽝꽝 얼어 얼음 위에서 돌을 차며 놀았습니다.

저는 한참 동안 강을 바라보고 있는데 뜬금없이 예전 직장인 시절이 떠올랐습니다. 출판사 편집자로 근무하던 때였습니다.

어느 날, 사장님이 저를 불렀습니다.

"자네 시를 쓴다면서?"

"네?"

시인이기도 했던 사장님은 저의 대학 은사님과 친분이 있었습니다. 사석에서 은사님과 사장님이 이야기를 나누다가 은사님은 마침 제가 이 출판사에 근무한다는 이야기를 듣고는, 저에 대해 이야기를 한 모양이었습니다. 사장님이 말했습니다.

"자네, 쓴 시 좀 가져와보게."

"보여드릴 만한 수준이 못됩니다만."

"가져와봐."

"네…."

저는 그날부터 그간 써온 습작 시들을 닥닥 긁어 모아 며칠 밤낮으로 고쳐나갔습니다. 봐도봐도 형편없는 시들이었습니다. 결국 차일피일 미루자, 사장님은 한번 더 재촉했습니다. 그냥 지나가길 바랐는데 상황을 보니 은근슬쩍 넘어갈 일이 아니었습니다. 결국 퇴고를 거친 몇 편의 시들을 모아 사장님께 보여드렸습니다. 대학합격자 발표가 나온 날도 이렇게 떨리진 않았을 것입니다. 몇 시간 뒤에 사장님이 저를 불렀습니다.

"자네 시에는 물이 참 많네."

"네?"

"물이 자네의 정서야."

엉뚱하게도 그날의 일이 졸업 후 처음 찾은 초등학교에서, 그것도 남한강 풍경을 보다가 떠올랐습니다. 지금 내가 물고기와 식물을 키우는 것도 우연이 아니겠다는 생각까지 들었습니다. 남한강은 항상 제어린 시절의 한 부분을 차지했지만, 강물에 손을 담근

적은 손가락으로 셀 정도입니다. 수영도 못할 뿐더러 낚시는 관심조차 없습니다. 그런데 지금은 물갈이의 노예와 식물집사 노릇을 하며 손에 물 마를 날이 없습니다. 그런 걸 보면 '물이 자네의 정서'라던 사장님의 촌평이 틀린 말 같지는 않습니다.

당시에는 사장님의 말을 듣고 '에? 물이라고?' 하며 의아해했습니다. 그러고는 저의 시들을 차근차근 다시 들여다보았습니다. 과연 그랬습니다. 물에 손만 담그지 않았을 뿐, 시 속의 저는 물속을 첨벙대고 있었지요. 저의 시에는 물을 주제로 하거나 물을 소재로 삼은 시들이 넘쳤습니다. 그날 이후 사장님에게 시를 배우기 시작했습니다. 제가 시를 써오면 사장님이 조언을 했고, 조언을 듣고 다시 고치면서 하나하나 시를 배워나갔습니다. 그후 1년 뒤, 저는 한 문학잡지의 신인상에 당선되어 시인으로 활동하게 되었습니다.

그 회사에서 5년 동안 근무했습니다. 하지만 일을 하면 할수록 내 일을 하고 싶었습니다. 오랜 고민 끝에 독립을 결심했지요. 저에게 사장님은 고용주 이전에 시를 가르쳐준 선생님이었습니다.

사장님께 사직서를 내밀던 날의 기억이 생생합니다. 그는 흠칫 놀라며 저를 돌려보냈습니다. 하지만 이번에는 제가 물러설 수 없었습니다. 사장님이 격앙된 어투로 저에게 물었습니다.

"나가서 뭐하려고 그러나?"

"제 회사를 차리고 싶습니다."

"허! 밖에 나가면 한대(寒帶)야, 이 사람아. 여기가 따뜻한 줄 알아야지."

한창 회사에서 일머리가 생기던 30대 중반에 독립을 하겠다고 사직서를 냈으니, 사장님 입장에서는 기도 안 찼던 것이지요. 사장님은 앉은 자리에서 등을 돌렸습니다. 저는 마지막으로 사장님께 큰절을 올리는 것으로 작별인사를 드렸습니다.

사장님 말대로 '밖'은 추웠습니다. 추운 계절을 꽃 피우기 위해 정신 없이 일만 했습니다. 몇 년이 며칠처럼 흘러갔습니다. 그 사이 저는 시인이라고 불리기 민망할 정도로 시 한 편 쓰지 못한 채 생활인이 되어 갔습니다.

독립을 한 뒤 3년차가 되던 어느 날, 부고를 받게 되었습니다. 사장님이 큰병을 얻어 돌아가셨다는 소식이었습니다. 그렇게 퇴사한 후 처음 사장님을 뵌 곳은 다름 아닌 그의 장례식장이었습니다.

식물을 키우면서 든 생각이 하나 있습니다.

'물도 식물을 만나야 순환을 하는구나!'

물은 흙으로 스민 뒤 식물의 뿌리로 흡수되어 줄기를 타고 오릅니다. 그 물은 잎의 숨구멍으로 나와 수증기로 증발해버리지요. 하지만 수증기는 다시 비가 되어 흙으로 스밉니다. 물은 그렇게 식물의 몸 안팎을 돌아다닙니다. 물의 순환을 지켜보면서 생각합니다.

'이제 나에게 물의 정서란 유년의 강가가 아니라, 지금 여기 내가 키우고 있는 저 식물의 풍경이 아닐까?'

식물의 물관을 따라 흐르는 물의 소리가 나의 서정(敍情)이자 시라고 말이지요.

3부

.

열대에서 온 엽서

베고니아

베고니아만큼 화려한 식물도 없지만
"베-고-니-아" 하고
수수하게 발음되는
단어도 없어요.
숨은 거세지 않고
목은 긴장하지 않죠.
"베-고-니-아" 하고 말해보세요.

미련 없이 리셋

겨울잠 자고
올봄에 다시 잎을 낸
구근식물이 있습니다.
이 식물에게
욕망 따위는 없습니다.
겨울이 오면 미련없이
잎과 줄기를 싹 녹여버리고
구근으로 잠드는 것.
봄이 되면 아무 일 없다는 듯이
새 줄기와 잎으로 다시 시작하는 것.
이 식물에게는 리셋(reset)만이
살 길입니다.

보르네오섬이 왔어요

열대의 정글에서
비행기를 타고 날아온
알로카시아가 글쎄
보르네오섬을 함께
데려왔지 뭐예요.
식물 자체가 그냥
열대지 뭐예요.

뿌리의 동력

덩굴이 벽을 잘 타고 있다면
그건 벽 타는 기술이 좋아서가 아니라
땅에 견고하게 뿌리 박고 있기 때문이에요.
위로 오르는 덩굴의 동력은 아래로 뻗은
뿌리에 있으니까요.

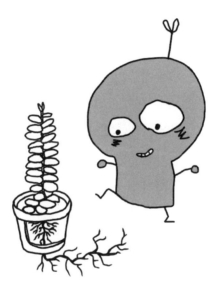

푸밀라의 법칙

푸밀라로 뒤덮여 정글이 되었습니다.
줄기를 잘라냅니다.
푸밀라 아래에서 빛을 보지 못한
식물들이 숨통을 틉니다.
다른 식물을 죽이면서
세력을 확장하다니!
푸밀라 덩굴을 들춰보니
이런, 자기 잎마저
새 잎으로 덮어버렸습니다.
헌 잎은 새까맣게 무덤이 되었습니다.
나를 죽여 내가 사는 것이
푸밀라의 법칙인가봅니다.

다육이

떨어진 잎에서 뿌리가 나와요.
잎 하나하나 뿌리를 품은 거예요.
식물은 잎이 떨어지면
삶도 끝나는 줄 알았는데
다육이는 잎이 떨어져야 비로소
삶을 시작하네요.

린드니의 꿈

어린 린드니[*]는 크면서 잎 모양이 바뀌어요.
뾰족한 일자 잎은 거대한 토끼 귀로 변하고
옅은 잎맥은 크림색으로 선명해져요.
어린 린드니는 대품의 사진을 보며
미래를 상상하죠.
린드니는 그렇게 꿈에 다가가는 중이에요.

[*] 산토소마 린드니(Xanthosoma lindenii): 초록 바탕에 하얀 크림색
잎맥을 가진 식물.

헛뿌리

이끼는 뿌리가 아니라
잎으로 영양분을 흡수해요.
그래서 이끼의 뿌리를
헛뿌리라고 불러요.
동네를 산책하다 벽 틈에 낀
깃털이끼를 떼왔어요.
손톱에는 때가 끼었지요.
집에 와서 보니 싱싱함은 온데간데 없어요.
헛뿌리가 단단히 벽에 들러붙어 있어서
잎이 싱싱할 수 있던 거예요.
헛뿌리라고 무시하면 안 돼요.

웃자람

빛이 부족합니다.
잎과 잎 사이가 멀어집니다.
줄기가 길어집니다.
잎이 작아집니다.
예쁘지는 않지만-
웃자란다는 건
살려는 의지의 다른 표현입니다.

분갈이

화분에서 꺼내보니
흙보다 뿌리가 더 많습니다.
미안합니다.
늦었지만
지금이라도 알아서
다행입니다.
분갈이는
뿌리의 고통을
알아차리는 일입니다.

식물등

식물들이 북향에서 빛동냥이나 하며
자존심을 구깁니다.
큰맘 먹고 식물등을 삽니다.
빛이 닿지 않는 곳을 찾아
구석구석 식물등을 답니다.
밝아진 빛을
식물이 눈치채지 않으면 좋겠습니다.
식물도 자존심이 있잖아요.

순화*

오늘 소넬리아**가
새 잎을 냈습니다.
식물이 말합니다.
"나 이제 괜찮아요~."

* 순화(馴化): 원산지에서 살다 온 식물이 새 환경에 적응하는 것.

** 소넬리아(Sonerila): 동남아 정글식물. 잎맥의 화려한 무늬가 특

징이다.

무나

3월인데 체감상 겨울입니다.
습지거북이 동면에서 깨어나
눈을 떡 - 뜹니다.
화들짝 놀라 달력을 들춰봅니다.
3일 뒤 입춘입니다.
거북이 동면에서 깨어난 걸 보고서야
절기를 깨달았습니다.
이럴 때 보면 인간은 하등동물입니다.
오늘 거북에게 동물의 본능을
무나* 받았습니다.

*무나: 무료나눔의 줄임말.

식친[*]

"이거 한번 키워봐."
빈손으로 왔다가
양손으로 돌려 보내는
우리는 식친.

[*] 식친: 식물 친구의 줄임말.

덩굴

딱 한 잎만 벽을 잡아도
더 많은 잎들이 기어오를 수 있어요.
기회를 놓치지 마세요.

알아두면 쓸모 있는 식물지식 20

아피스토TV 커뮤니티 게시판에서 130일 간 <아피스-톡(talk)> 코너를 진행했습니다. 다양한 식물 퀴즈와 설문을 통해 구독자와 적극적으로 소통할 수 있는 시간이었습니다. 그중 식물 퀴즈 20문항을 엄선했습니다. 조금이나마 여러분의 식물 지식에 도움이 되길 바랍니다. 이해를 돕기 위해 퀴즈 참여자의 답변수와 정답률도 함께 공개합니다.

1. 식물은 잎의 기공을 통해 낮에는 이것을 배출하고 밤에는 이산화탄소를 배출한다. 이것은 무엇인지 고르시오. (답변 167개)

① 산소 95%　　　② 썩소 2%

③ 완소 1%　　　④ 엑소 2%

(해설) ① 낮에는 광합성 속도가 식물의 호흡 속도보다 높아서 이산화탄소를 배출하는 것보다 더 많은 이산화탄소를 흡수한다. 식물의 공기정화능력은 잎의 산

소 배출과 관련이 깊다.

2. 광합성량과 호흡량이 같아 외관상 이산화탄소의
    출입이 없을 때 빛의 세기를 말하는 것은 무엇인
    지 고르시오. (답변 170개)
    ① 보상점 95%   ② 편의점 0%
    ③ 맛점 2%   ④ 몽고반점 3%

    (해설) ① 광보상점이라고도 한다. 보상점이 낮은 식물
    은 다소 빛이 부족해도 잘 크고 보상점이 높은 식물은
    빛이 부족하면 시들어 죽는다.

3. 식물에겐 통풍이 무엇보다 중요하다. 환기장치로
    적합하지 않은 것을 고르시오. (답변 295개)
    ① 실링팬 2%   ② 선풍기 3%
    ③ 서큘레이터 7%   ④ 바람개비 88%

    (해설) ④ 실링팬, 선풍기, 서큘레이터는 전력을 공급받
    아 바람을 일으키는 장치다. 정체된 이산화탄소와 산

소를 순환시키는 데 도움을 주는 가드닝 용품이다. 바람개비는 어린이 장난감의 하나로 바람이 불어야 돌아간다.

4. 잎에 구멍이 난 것과 거리가 먼 것을 고르시오.
(답변 247개)
① 몬스테라 오블리쿠아 페루 0%
② 몬스테라 델리시오사 버라이어티 보르시기아나 알보 바리에가타 1%
③ 몬스테라 아단소니 2%
④ 몬스터주식회사 97%

(해설) ④ 몬스테라속의 식물은 대부분 잎에 구멍이 뚫려 있거나 찢어진 형태가 많다. 덩굴식물의 특성상 아래쪽의 잎들에 빛이 가려질 수 있기 때문에 자신의 잎에 스스로 구멍을 뚫는 방법으로 생존한다. <몬스터주식회사>는 픽사의 2001년 장편 애니메이션이다.

5. 다음 중 식물을 심을 수 없는 것을 고르시오? (답

변 281개)

① 도자기분 1%　　　　② 시멘트분 4%
③ 토분 2%　　　　　　④ 추적60분 93%

(해설) ④ 도자기분은 고사리 같은 양치식물에 적합하며, 시멘트분은 크기가 크고 무거운 식물에게 알맞다. 토분은 대부분의 식물에게 적합하지만 특히 흙의 통기성이 좋아야 하는 열대식물에게 안성맞춤이다. <추적60분>은 1983년부터 방송된 KBS 시사 프로그램이다. 2019년 종영되었으나, 2023년 7월 7일 다시 방송이 시작되었다.

6. 번식의 한 방법으로, 특별한 재료 없이 물만 있으면 뿌리를 내릴 수 있는 장점이 있는 이 번식법의 이름은 무엇인지 고르시오. (답변 234개)
① 물꽂이 94%　　　　② 꽃꽂이 1%
③ 떡꼬지 2%　　　　　④ 똥꼬지ㅂ 3%

(해설) ① 번식의 방법은 물꽂이, 수태꽂이, 삽목 등 다

양한 방법이 있다. 그중 물꽂이는 빠르
게 뿌리를 내릴 수 있는 장점이 있지만
물갈이를 자주 해줘야 하며, 특히 겨울
에는 수온이 너무 낮지 않게 유지하는 것이 중요하다.

7. 이제는 햇빛이 없어도 식물을 잘 키울 수 있는 이
유는 이것 등 덕분이다. 이것은 무엇인지 고르시
오. (답변 237개)
   ① 신호등 1%   ② 식물등 89%
   ③ 무드등 2%   ④ 됐거등 8%

(해설) ② 식물등은 다양한 브랜드, 다양한 기능으로
출시되고 있다. 키우는 식물의 특성과 용도에 맞게 꼼
꼼하게 비교하여 장만하는 지혜가 필요하다.

8. 식물을 키우다가 문득 찾아오는 것으로, 식물에 대
한 무기력증과 무관심, 짜증 등의 증상을 동반하는
이것의 이름은 무엇인지 고르시오. (답변 251개)

① 식태기 96%   ② 삼태기 1%

③ 망태기 1%   ④ 봉태규 2%

(해설) ① '식물+권태기'의 합성어로, 분
야별로 다양한 합성어가 존재한다. 물
태기: 물생활+권태기, 밥태기: 밥맛+권
태기, 책태기: 책읽기+권태기, 집태기: 집싫증+권태
기, 겜태기: 게임+권태기이다.

9. 다음 중 식물 이름으로 맞는 것을 고르시오. (답변
    310개)

    ① 안스리움 91%   ② 안쓰러움 5%

    ③ 안가려움 1%   ④ 안마려움 3%

(해설) ① 안스리움은 외떡잎식물 천남성목 천남성과의
한 속으로, 아메리카의 열대지역이 원산지이며, 많은
종들이 관엽식물로 온실에서 재배된다.

10. 몬스테라, 나팔꽃, 마삭의 공통점으로 맞는 것을
고르시오. (답변 304개)

① 생굴 1% ② 덩굴 94%

③ 데굴 3% ④ 얼굴 2%

(해설) ② 길게 뻗어 다른 물건을 감기도 하고 땅바닥
에 퍼지기도 하는 식물의 줄기를 말한다. 나팔꽃은 줄
기가 물체를 감으면서 자라고, 마삭은 덩굴손을 뻗어
다른 물체를 잡고 오르며, 몬스테라는 줄기에서 공기
뿌리를 뻗어 벽에 붙어 자란다.

11. 뿌리가 아닌 잎으로 영양을 흡수하는 이것의 이름
이 무엇인지 고르시오. (답변 226개)

① 다래끼 2% ② 아이스께끼 1%

③ 이끼 96% ④ 삐끼 1%

(해설) ③ 이끼의 뿌리는 헛뿌리라고
하여 돌이나 흙에 부착하는 역할만
한다. 이끼를 잘 키우기 위해서는 헛

뿌리를 부착면에 단단히 고정하는 것이 중요하다.

12. 식물의 성장이 더디거나 잎이 마르는 등의 증상을
   보일 때 한번쯤 ○○○를 할 시기가 되었는지 확
   인해야 한다. 여기서 ○○○에 들어갈 말로 알맞
   은 것은? (답변 259개)
   ① 이갈이 2%   ② 분갈이 92%
   ③ 털갈이 3%   ④ 갈갈이 2%

   (해설) ② 뿌리가 화분에 꽉 차게 되면 성장이 더뎌질
   수 있다. 이때는 더 큰 화분으로 분갈이를 해주거나
   뿌리를 나누어 심는 것도 좋은 방법이다. 화분 물구
   멍을 확인했을 때 뿌리가 나와 있다면 분갈이 시기다.
   또는 관수를 할 때 물이 잘 빠지지 않아도 분갈이 타
   임으로 봐야 한다.

13. 외떡잎식물 백합목 백합과의 여러해살이풀로 산
   과 들에서 자란다. 한방에서는 뿌리줄기를 당뇨

병·심장쇠약 등의 치료에 사용한다. 이것의 이름
은 무엇인지 고르시오. (답변 236개)

① 둥굴레 81%　　　　　② 빙그레 3%

③ 민들레 14%　　　　　④ 강원래 3%

(해설) ① 둥굴레차는 혈압을 낮추고 혈액 순환에 좋으
며 염증성 증상을 완화한다. 관절염 등 관절 건강에도
좋고, 감염으로 인한 호흡기 질환 증상을 완화하며, 피
로해소와 원기회복, 소화에도 좋고, 불면증 개선에도
도움이 되며, 노화로 인한 세포 손상을 늦출 수도 있
다. 이 정도면 만병통치약 아닌가?!

14. 일산화탄소 제거능력이 우수하여 주방의 기능성
식물로 알려진 종으로 어두운 곳에서도 잘 적응한
다. 약 40m 길이까지 자랄 수 있는 이것의 이름은
무엇인지 고르시오. (답변 319개)

① 스킨 89%　　　　　② 치킨 5%

③ 냅킨 1%　　④ 펌킨 5%

(해설) ① 외떡잎식물 천남성과 덩굴성 관엽식물. '스킨답서스'라고 불린다.

15. "가드닝은 ○○○ 3년"라는 말이 있다. ○○○에 들어갈 알맞은 말을 고르시오. (답변 322개)

① 봐주기 5%   ② 물주기 89%

③ 겁주기 3%   ④ 퍼주기 4%

(해설) ② 식물 키우는 데 물 주는 것이 그만큼 중요하고 어렵다는 것을 뜻하는 말이다. 다른 말로 하면, "3년은 식물을 죽여먹었다"는 뜻도 되지 않을까?

16. 알로카시아의 뿌리에 달리는 작은 알뿌리의 이름은 무엇인지 고르시오. (답변 296개)

① 꾹저구 2%   ② 신구 1%

③ 자구 95%   ④ 호구 2%

17. 다음 중 식충식물 파리지옥으로 곤충을 유도할 때
　　넣으면 좋은 물은 무엇인지 고르시오. (답변 249개)

　　① 먹물 3%　　　　　　② 꿀물 84%

　　③ 헌물 2%　　　　　　④ 진딧물 8%

　　⑤ 양잿물 4%

(해설) ② 파리지옥에 개미를 유도하고
싶다면 특히 꿀물을 물에 희석하여 포
충엽에 몇 방울 떨어트려보자. 순식간
에 걸려들 것이다.

18. 쌍떡잎식물 쥐손이풀목 대극과의 여러해살이풀로,
　　이것의 씨앗을 한약명으로는 피마자(篦麻子)라고
　　부른다. 이 식물의 이름은 무엇인지 고르시오. (답
　　변 219개)

① 오니기리 5%   ② 오다기리 2%

③ 아주까리 90%   ④ 아리까리 3%

(해설) ③ 우리나라 정명은 '피마자'다. 열매가 진드기 모양과 비슷한 피마자는 씨앗으로 공업용 윤활유를 만들 수 있다. 생열매는 독성이 강해 씨앗 20알이면 성인 치사량이다. 잎사귀 한 장에도 독성이 있으니 주의해야 한다.

19. 식물로 실내를 꾸밈으로써 공기정화 효과와 심리적 안정 효과를 얻고자 하는 방법을 뜻하는 용어로 알맞은 답을 고르시오. (답변 227개)

① 요크셔테리어 4%   ② 클리어 0%

③ 플랜테리어 93%   ④ 박테리아 3%

(해설) ③ 플랜테리어는 식물(plant)+인테리어(interior)의 합성어로 식물로 공간을 초록초록하게 꾸미는 인테리어 방법이다. 인테리어라고는 하지만 많은 식물 집사들이 이미 정글테리어(?)로 힘들어한다는 이야기

도 들린다.

20. 다음 중 화분의 배수재로 쓰이지 않는 것을 고르
시오.. (답변 276개)
① 휴가토 3%　　　　② 마사토 3%
③ 녹소토 2%　　　　④ 아피스토 92%

(해설) ④ 아피스토는 배수 재료 상식 및 식물 키우기
팁, 다양한 식물 관련 에피소드를 소개하는 대한민국
식물 유튜버다.

TMI<small>(Too Much Information)</small>
굳이 알려주고 싶은 아피스토의 정보

구근이

구근이(Googne)는 알뿌리로 태어났다. 튤립, 백합, 히아신스, 칼라디움 등이 대표적인 구근(알뿌리)식물. 구근식물은 봄부터 가을까지 꽃과 잎을 내지만, 겨울이 되면 줄기마저 모두 녹여내고 알뿌리로 남아 동면에 들어간다.

구근이는 1년마다 새 꽃을 피우는 유전적 특성 탓에 자주 기억력이 초기화된다. 심지어 자기가 어떤 식물의 알뿌리인지 까먹고 다른 식물의 꽃을 피우기도 한다. 눈 밑에 항상 다크서클이 있는 이유도 끊임없이 새로운 식물을 키워 올리는 탓이다.

아피스토그라마

닉네임 '아피스토'는 남미의 열대어 아피스토그라마 (*Apistogramma*)를 줄인 것이다. 아피스토그라마는 남미대 륙에 널리 분포해 있는 시클리드 종이다. 드워프 시클리드라 고 불리는 화려한 소형 물고기로, 최대 7~8cm 정도로 자란 다. 수컷이 암컷에게 구애할 때나 수컷끼리 싸울 때 화려한 지느러미를 크게 펼치는 모습이 압권이며, 서식지에 따라 다 양한 체형과 색채 변이가 존재하여 마니아의 마음을 셀레게 한다.

아피스토그라마는 새끼가 태어나면, 극진히 보살피는 것으로 유명하다. 주로 암컷이 육아를 담당하는데 새끼가 조금이라 도 멀리 떨어지면 어미가 입으로 물어와 보금자리로 옮겨놓 는다. 암컷이 육아를 담당하는 동안 스트레스가 심해 수컷을 공격하는 경우도 있다. 금실 좋은 부부라면 수컷과 암컷이 교 대로 새끼를 돌보기도 한다.

명상

나는 새벽 6시에 일어나 명상을 한다. 명상은 현재를 알아차리는 연습이라고 배웠다. 이미 지난 일(과거)에 대한 후회와 아직 돌아오지 않은 일(미래)에 대한 걱정은 괴로움을 부른다. 명상은 그 괴로움을 끊는 연습이기도 하다.

깨치지 못한 자를 범부중생(凡夫衆生)이라고 하고, 깨달은 자를 성자(聖者)라고 한다. 그런 의미에서 나는 과거와 미래를 타임머신이라도 탄 양 수시로 들락거리는 범부중생이다. 반면, 식물은 오직 현재를 살고 있는 진정한 성자가 아닐까 한다. 나의 워너비는 역시 식물일 수밖에 없다.

식물친구가 된 동생이 운영하는 펜션에 가족과 함께 놀러갔습니다. 펜션에 도착하자 건장한 체구의 그가 팔을 번쩍 들어올리며 저를 맞았습니다.

"밀양까지 오시느라 고생하셨습니다. 행님!"

그의 팔뚝에 새겨진 잉어 타투도 덩달아 펄떡펄떡 뛰며 저를 반깁니다.

어느덧 해는 뉘엿뉘엿 지고 분위기가 무르익었습니다. 우리의 대화는 자연스럽게 식물로 넘어갔지요. 그날 밤의 주제는 단연 고사리였습니다. 동생은 새로 나온 신품종 고사리를 '득템'했다면서 구입한 무용담을 늘어놓았습니다. 그리고 그 아이(고사리)는 어떻게 물을 주어야 하는지, 어떻게 하면 풍성하게 키울 수 있는지 자기만의 비법을 아낌없이 털어놨습니다. 저는 하나라도 놓치지 않으려고 귀를 쫑긋 세우며 집중했습니다.

결국 제가 참지 못하고 다그쳤습니다.

"그 고사리 사진을 보여주라니까!"

그가 기다렸다는 듯 휴대폰을 꺼내 고사리 사진을 보여주었습니다.

"보입시요, 행님! 이겁니다."

"잎에 레이스(주름)가 달린 것이 엘레강스(우아)하면서도 트로피칼(열대)의 와일드함(야생미)을 놓치지 않는 퍼펙트(완벽)한 밸런스(균형미)라니!"

저는 신품종 고사리의 사진을 보자마자 문법파괴자를 자처하며 온갖 미사여구를 붙인 감탄사를 남발했습니다. 우리의 분위기는 절정을 향했습니다.

"꺄오! 지기네~!"

(폭죽이 터진다)

'펑 - 펑 -'

둘은 술 한 모금 입에 대지 않고 식물 이야기에 취한 채 밤새 깔깔거렸습니다. 그런데 한참을 웃고 떠들다보니 퍼득 정신이 들었습니다. 옆에 아내와 아이들이 있다는 걸 깜빡한 것입니다. 풀떼기는 입에도 안 댈 것 같은 사내 둘이서, 하늘하늘 레이스가 달린 돌연변이 고사리 잎의 패턴에 감동하는 모습을 아내에게 들킨 꼴이 되었습니다.

그날 밤 아내는 마침내 현장을 목격했습니다. 상추도 없이, 술도 없이, 남자 둘이 밤새 고기를 구워 먹으며 오로지 식물 이야기만 할 수 있다는 것을요. 아내는 여행을 다녀온 다음 날 저에게 한마디했습니다.

"정말 웃기지도 않았지."

'육식남'처럼 생긴 남자 둘이 앉아 밤새 식물 이야기만 한다는 것 자체가 기이하긴 합니다. 하지만 막상 식물 이야기에 몰입을 하다보면 기이할 것이 하나도 없습니다.

이 책이 여러분에게 기이할 거라고는 하나도 없는 몰입의 즐거움을 주었길 바랍니다.

아피스토

아피스토 식물 에세이
처음 식물

1판 1쇄 찍음 2023년 10월 31일
1판 1쇄 펴냄 2023년 11월 8일

글·그림 아피스토(신주현)
펴낸이 이정희
디자인 조성미
제작 (주)아트인

펴낸곳 미디어샘
출판등록 2009년 11월 11일 제311-2009-33호

주소 03345 서울시 은평구 통일로 856 메트로타워 1117호
전화 02) 355-3922
팩스 02) 6499-3922
전자우편 mdsam@mdsam.net

ISBN 978-89-6857-227-2 04810
      978-89-6857-221-0 SET

www.mdsam.net